기쁨이의 속삭임

기쁨이의 속삭임

초판 인쇄 2022년 6월 10일
초판 발행 2022년 6월 15일

지은이   송준석
펴낸이   김상철
발행처   스타북스
등록번호 제300-2006-00104호
주소   서울시 종로구 종로 19 르메이에르종로타운 B동 920호
전화   02) 735-1312
팩스   02) 735-5501
이메일   starbooks22@naver.com
ISBN   979-11-5795-650-0 03810

ⓒ 2022 Starbooks Inc.
Printed in Seoul, Korea

기쁨이의 속삭임

해맑고 순수한 영혼을 가진 손녀
'기쁨이'의 삶을 통해 뒤늦게 철든 할아버지 교수가
'사랑'에 대한 성찰을 통해 얻은
99가지 아름답고 행복한 삶을 위한 지혜

송준석 지음

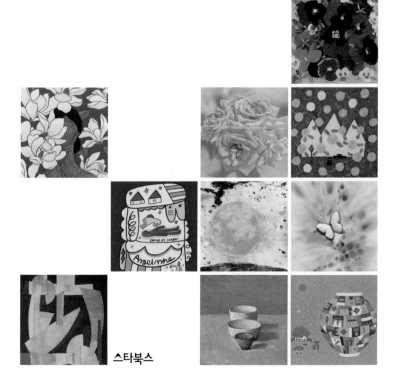

스타북스

〈'기쁨'이의 속삭임〉을 펴내며

지금은 이 세상에서 누구보다도 소중한 2명의 외손녀와 1명의 외손자가 있지만 '기쁨'이는 저에게 사랑이란 무엇인가를 일깨워 준 제가 직접 지어준 첫째 손녀의 이름입니다. 늦게나마 '기쁨'이를 통해서 자식에 대한 부모의 사랑을 깨달았다고 해도 지나친 말이 아닙니다. 그런 의미에서 '기쁨'이는 사랑을 일깨워 준 나의 아름다운 스승이기도 합니다. '기쁨'이의 순수하고 해맑은 삶의 태도에서 사랑의 기쁨을 알았고, '기쁨'이를 보살피는 저의 마음에서 부모님의 헌신적인 사랑을 깨닫게 되었습니다. 저에게 '기쁨'이는 사랑입니다.

교육학자라고 하지만 부끄럽게도 비교적 일찍 혼인한 저는 공부한다는 핑계로 또는 친구들과의 교제를 이유로 두 딸에게 많은 사랑을 주지 못했습니다. 양육의 대부분은 아내의 몫이었습니다. 훌륭하게 자라준 두 딸의 성장은 모두 아내의 덕택입니다. 철없는 아빠로 인해 유년 시절을 부족하게 보낸 두 딸에게 용서를 청합니다. 또한 양육의 부담을 홀로 짊어지고 묵묵히 헌신적인 사랑으로 두 딸을 길러준 아내에게 사랑과 감사의 말씀을 전합니다. 그러기에 늦게나마 사랑을 주제로 삼은 이 책은 저의 삶에 있어서 가장

소중하면서도 실천하지 못했던 참회의 고백이 포함된 반성을 담은 성찰입니다.

저의 부족한 사랑의 실천 탓인지 모르지만 사랑에 대한 구절을 읽으면 왠지 가슴이 뭉클하면서도 후회와 새로운 각오가 앞섭니다. 어쩌면 이런 이유 때문에 사랑에 대한 다양한 구절에 그 말을 하신 훌륭한 분들의 원래 생각과는 상관없이 제 나름의 삶에 대한 반성을 토대로 주석을 단 것입니다. 오해가 없으시길 바랍니다. 그분들의 뜻에 어긋나지 않을까 하는 두려움도 있습니다. 말의 힘이란 실천이 수반되어야 가능하기에 저의 생각을 알림으로써 제 삶을 아름답게 살려고 경계하는 의도도 포함되어 있습니다. 우선 삶의 과정에서 알게 모르게 제게서 상처를 받거나 힘들어 하셨던 분들에게 진심으로 죄송하다는 말씀을 드리고 용서를 청합니다.

실제로 여기에 실린 사랑에 대한 구절들은 책을 통해서 얻은 것도 있으나 SNS, 학교에 걸린 게시물, 심지어 공중 화장실에서 읽은 글들도 포함되어 있습니다. 2021년에 나온 〈오늘도 인생을 색칠한다〉에서도 밝혔지만 귀한 말씀의 저자를 확인하려고 노력했으나 이 책의 의도가 누구의 말이냐가 중요한 것이 아니라 그 말을 통한 제 자신의 느낌과 성찰이 더 중요하다고 여겼기에 거기에 심혈을 기울이지는 않았습니다. 실제로 어떤 구절은 비슷한 말을 다수의 명사들이 하신 것도 있습니다. 문헌연구가 아니기에 양해해 주시길 부탁드립니다.

한 가지 제가 얻을 수 있는 사실은 누가 말하셨든지 간에 우리 마음속에 양식이 되는 소중한 말씀이라는 사실입니다. 내용도 같은 부류를 묶으려고 노력했으나 제가 나날이 느낀 점이 같은 구절에서도 다르게 느낀 적이 있고 다른 구절에서도 같은 느낌을 받았듯이 읽는 분들도 논리적 판단보다는 하루 한 구절씩 읽으며 나름의 생각과 느낌을 정리했으면 좋겠다는 의도로 그 구분을 엄격하게 하지 않고 제가 나름대로 제목만 달았음을 밝힙니다. 사실 제 자신도 이 구절을 논리적으로 정리하겠다는 생각보다는 나날의 삶에 대한 감동과 부끄러움이 혼재된 채로 반성적으로 썼던 글이기에 제 삶을 들여다보는 일기와 같은 것입니다. 어느 대목부터 읽어도 상관없습니다. 제가 가진 생각과 느낌을 읽는 분들이 이해할 수 있도록 분명하고 쉽게 쓰려고 노력했습니다. 그리고 글 사이에 제가 좋아하는 화가들의 작품이 포함되어 있기에 글을 읽기 싫은 날에는 그림만 보아도 좋을 듯합니다. 그림을 통해서도 충분히 대화는 가능하니까요. 이것은 저의 문화와 예술 메세나 운동의 일환임을 밝혀둡니다. 작가들에게 주제에 대해서 이야기하고 작품을 받아 실었으나 그 부분의 글에 한정해서 그림을 보려고 하실 필요는 없습니다. 글보다 미술작품이 더 많은 영감과 감흥을 줄 수도 있다고 생각합니다.

저는 사랑과 희망과 행복이 삶을 잘 살아가게 하는 원동력이라고 생각합니다. 그래서 이 세 구절은 저의 가슴을 뛰게 하고 삶의 가치와 의미를 부여합니다. 잘 살지 못했다는 후회와 부끄러움도 앞서지만 저의 삶을 버티게 하는 힘이기도 합니다. 최근에 펴낸 〈오늘도 인생을 색칠한다〉도 같은 의미의 책이긴 합니다만 계속해서 성공과 희망, 행복에 대한 주석서 같은 성찰의 책을 다듬어 펴낼 것입니다.

이 책은 오래전부터 이 보잘 것 없는 글들을 밴드나 페이스북에서 읽고 책으로 엮어냈으면 좋겠다는 지인들의 부탁으로 준비하여 〈사랑〉이라는 이름으로 제가 전공서적을 몇 권 펴냈던 정민사에 제가 2020년에 출판요청을 해서 발간했던 책입니다. 정식계

약이 되지 않은 상태에서 거의 팔렸다고 하여 책의 부족한 부분을 새롭게 쓰고, 수정·보충하여 독자들이 읽기 편하도록 새롭게 편집하여 다듬어 펴낸 개정판이라 생각하시면 됩니다. 개정하는 작업이 새로 쓰는 작업보다 어려웠습니다. 이 작업에는 스타북스 출판사 김상철 대표님의 격려도 한몫을 했습니다. 세상에서 살아가는 이유 중에 하나가 인정을 받는다는 것입니다. 김상철 대표님께 다시 한번 감사의 말씀을 드립니다.

독자 여러분들께도 부탁드립니다. 제가 유명한 작가가 아니기에 많은 도움이 필요합니다. 좋은 책이라 생각되시면 꼭 적극적인 홍보를 부탁드립니다. 제가 계속해서 글을 쓰는 용기를 주는 길이 될 것입니다. 뿐만 아니라 어려운 여건의 출판사를 비롯하여 우리 모두에게 도움이 될 것입니다. 또한 〈사랑〉 책에 그림을 제공해 준 조영대, 신철호, 강동권, 강동호 작가를 비롯하여 이번 〈'기쁨'의 속삭임〉으로 만나는 개정판에는 신호재, 백애경, 정정임, 조문현, 허진, 오경민 작가의 귀한 작품들이 독자들과 새롭게 만나게 될 것입니다. 그림을 보며 또 다른 사랑을 만끽하시길 바랍니다.

이 책을 펴내는 데 도움을 주신 여러 분들께 감사의 말씀을 드려야 합니다. 제일 먼저 부족한 저에게 큰사랑을 믿음을 통해 깨우쳐 주신 하느님께 감사의 기도를 드립니다. 부족한 저에게 하느님은 항상 큰 은총으로 용서와 함께 삶을 바른 길로 인도하십니다. 격이 없는 사랑으로 저를 키워주신 지금은 하늘에 계신 아버지와 항시 저에게 긍정의 힘과 자부심과 겸손을 가르쳐주신 어머님께 감사드립니다. 제에게 미력하나마 남아있는 사랑의 씨앗과 뿌리는 부모님의 사랑 때문입니다. 아내와 가족을 비롯하여 형제자매는 제에게는 귀한 사랑의 줄기입니다. 일일이 호명을 못하지만 주변의 많은 분들은 풍성한 잎이 되어 이 책을 펴내는 데 힘이 되어 주었습니다. 마음 속 깊이 감사드립니다.

마지막으로 이 책을 통해서 사랑에 대한 여러분의 주석서를 달아보는 활동으로 미력하나마 세상에서 사랑의 아름다움을 느끼고 나누며 살 수 있는 계기가 된다면 그것만으로도 저의 부족한 노력이 가치와 의미가 있는 시작이 될 수 있다고 생각합니다. 감사합니다. 그리고 사랑합니다.

2022년 이른 봄

송준석 모심

2 사람을 미워하는 것이 감옥입니다

정정임

강동호

조영대

5 나는 어리석지만 나 자신을 사랑할 줄 압니다

진허

신철호

강동권

8 사랑이 담긴 칭찬은 마법의 문장입니다

오경민

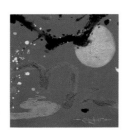

신호재

1

더 많이 사랑하는 것이

사랑의 치료약입니다

백애경 **꽃, 꿈을 꾸며** 2019, Mixed media, 51x51cm

백애경

전남대학교 일반대학원 미술학과에서 회화를 전공하고
개인전 16회, 100여회 국내외 아트페어에 참여했다.
꽃을 소재로 그림을 그리는 이유는
그 자체로 아름답기 때문이지만
꽃의 재현과 모방을 넘어선
내면의 영혼과 조우하는 생명의 환희를 전달고자 한다.

하느님의 사랑을 대신하기 위해

어머님을 보내셨습니다

하느님은 누구에게나 찾아가시어 사랑을 나누어 주시고 싶으셨으나
혼자서는 그 일을 다 할 수 없어서 대신 어머니 한 사람씩 보내주셨다.

— 김초혜 —

어버이날을 맞이하면서 새삼 떠오르는 구절입니다. 남자인 저
로서는 '아버지'가 아니어서 섭섭하긴 하지만 세심하고 따뜻한
사랑은 역시 어머니겠지요. 하느님의 무조건적인 사랑에 버금갈
정도로 어머니의 자식을 향한 일방적인 희생과 사랑은 거룩합니
다. 어머니는 사랑의 화신입니다. 어머니의 거룩함은 자신을 버
리고 모든 것을 자식들을 위해 베푸는 것입니다.

백애경 **당신의 노래** 2019, Oil on canvas, 162x130cm

저의 어머니에 대한 기억도 온 마음을 다하는 지극한 정성으로 넉넉할 때나 어려움을 겪을 때나 한결같이 원망이나 푸념 없이 아픔을 삼키시며 가족을 사랑으로 품으셨다는 것입니다. 먹을 것도 입을 것도 잠자리도 자신은 맨 나중으로 미루고 식구들을 먼저 챙기셨고, 자나 깨나 자식을 위해 지극한 치성을 드리셨고 지금까지도 새벽 기도를 하십니다. 심지어 '너희에게 걱정 끼치지 않고 죽어야 하는데'라고 하시며 '이를 위해 날마다 하느님께 기도드린다'고 하시어 눈시울을 뜨겁게 합니다. 최근에 몸을 못가눌 정도로 많이 아프셨는데 우리 걱정을 덜어주시기 위해 '나는 지금 죽어도 여한이 없다. 너희들에게 걱정을 남기지 말아야 할텐데.' 하셨습니다. 당신을 위해서는 아무것도 취하지 않고 자식에게는 주는 사랑은 끝이 없어, 살아계신 하느님을 보는 것과 같습니다.

여러분도 저와 같으시지요? 어머니의 사랑은 끝이 없기에 평생을 가도 갚을 수 없습니다. 철이 들 만하면 약해지시거나 이 세상에 계시지 않으니 살아생전 따뜻한 전화라도 한 통 더 드려야 합니다. 기회가 있을 때마다 물심양면의 효도를 해야 할 것 같네요.

글을 쓰는 저도 부끄럽지만, 어머니 마음 상하지 않게 하고 효도를 게을리하지 말아야겠다고 다짐해 봅니다. 저의 어머니를 포함하여 세상의 모든 어머니!, 고맙습니다. 그리고 사랑합니다.

더 많이 사랑하는 것이
사랑의 치료약입니다

더 많이 사랑하는 것 외엔 다른 사랑의 치료약은 없다.
— 헨리 데이비드 소로우 —

사랑이라는 말만으로도 가슴은 즐거움에 넘치고 짜릿함이 흐릅니다. 사랑은 아무리 커도 흘러넘치는 법이 없습니다. 뿐만 아니라 사랑에 굶주려 느끼지 못하고 줄지도 모르는 사람에게 더 많은 사랑을 줘야 사랑하지도 받지도 못하는 병을 치료할 수 있습니다. 사랑이 감동을 주는 이유는 사랑으로 사람이 변하고 세상도 거룩하고 아름답게 변화한다는 사실 때문입니다.

많은 사람들은 상대방에게 호의好意를 포장하여 사랑이라는 이름으로 베풀고 되돌려 받고 인정받고 싶어 합니다. 이는 꾸며진 사랑일 뿐 진정한 사랑은 아닙니다. 사랑할수록 상대에게 서운하고, 집착하고, 돌려받으려는 속셈이 있다면 사랑이 아닙니다. 사랑은 베풂으로써 상대가 행복하고 즐거워하는 자체로 아름다운 것이고 보상받는 것입니다. 자신의 이익을 위해 상대에게 호의를 베푸는 것은 거짓 사랑입니다. 소로우의 말처럼 자신이 베푼 사랑을 느끼지 못한 상대에게 더 많은 사랑을 베푸는 것이 상대를 사랑으로 치료하는 방법입니다.

여러분도 혹시 최선을 다해 베풀며 사랑했는데 그 마음은 몰라주고 무관심하고 쌀쌀맞게 대접받은 쓰라린 경험을 하신 적 있으신가요? 그럴 때 앙갚음하셨나요? 서운함으로 밤을 새우며 괴로워하셨나요? 모든 것을 포기하고 회피하셨나요? 아니면 더 지극한 사랑으로 대하셨나요? 사랑 불감증 환자에게는 더 깊은 사랑으로 대하는 것이 최고의 치료법이라는 소로우의 말에 귀 기울이면 길이 보일 겁니다. 길을 찾고 내는 데는 많은 노력이 필요합니다. 사랑이 최선의 방책이지요.

백애경 **꽃, 비 꿈을 꾸며** 2018, Oil on canvas, 75x75cm

'보시(布施)'도 결국은
버리는 행위입니다

불교에서 말한 '보시(布施)'도 결국은 버리는 행위다.
즉 자신이 집착하고 있는 것을 가장 뜻있는 일을 위해 버리는 것이다.
— 코이케 류노스케 —

관계를 맺는 방식에는 자신의 욕구가 들어있기 마련입니다. 문제가 뭔가에 걸려 풀리지 못한 채 있으면 자신의 마음을 살펴보아야 합니다. 이해관계에서 뭔가 손해를 본 듯한 느낌이 남아있기 때문입니다. 대부분의 사람들은 자신의 눈으로 세상을 보기에 이를 되짚어볼 필요가 있습니다. 그러기에 남을 배려하고 베푸는 것은 욕심과 기대를 버려야 가능하고, 자신이 무엇에 집착해있는가를 들여다보는 통찰이 필요합니다. 보시는 남에게 베푸는 '나눔'일 텐데, 나눔은 자신이 가진 것을 아낌없이 내줄 때 가능합니다. 주일 미사 때 '오병이어'의 기적에 대한 강론이 있었는데, 어느 소년이 다섯 개의 빵과 두 마리의 물고기를 내놓은 것을 시작으로, 모든 사람들이 자신의 것을 내놓았을 때 기적이 일어났다는 것이었습니다. 저에게는 많은 반성과 함께 기적이 현실적으로 다가온 순간이었습니다. 자신의 이익을 위해 상대방을 이용하려는 마음이 있거나 실제 그렇게 하고 있다면 마음이 편하지 못하고 여유가 없을 것입니다. 그러나 자신의 탐욕을 알아채고 그것을 삼가며 베풀고 나누는 마음이 있으면 평화로움이 넘칩니다. 집착을 버린다면 더욱 보람찰 것입니다.

여러분은 어떠십니까? 때 묻지 않는 영혼으로 배려하고 보살피며 기꺼이 나누는 삶을 사시나요? 아니면 이해관계에 더 얽매여있나요? 저를 돌아보건데, 인정머리 없이 판단하고 평가에 집착해 마음이 메마른 적도 많았던 것 같습니다. 앞으로는 좀 더 뜻 있고 가치 있는 일을 위해 제 안의 집착을 하나, 둘 떼어내는 일에 정성을 들여야겠습니다. 많은 반성을 합니다. 집착執着의 늪에서 벗어나 자유로운 보시로 해방을 맞이하기 위해 노력할 겁니다. 보시는 집착하지 않는 사랑입니다.

삶에서 가장 오래가는 흔적은
어머님의 사랑입니다

엄마의 영향보다 우리의 삶에 더 오래가는 흔적을 남기는 것은 없다.
─ 찰스 스윈달 ─

복음주의 신학자이자 달라스신학교의 총장인 찰스 스윈달의 이 말은 동서고금東西古今을 넘어 모든 사람이 동의할 것입니다. 부모의 양육 태도가 아이의 삶에 절대적인 영향을 끼칩니다. 그중에서도 엄마는 아이가 배 속에 있을 때는 태교라는 이름으로, 젖을 먹이고 똥을 누이는 버릇을 들이면서 애착이 커집니다. 어머니의 '무릎학교'가 자식에게 끼치는 영향력은 아무리 강조해도 지

백애경 **꽃과 앤틱** 2020, Oil on canvas, 28x38cm

나치지 않습니다. 그러기에 어머니가 신체적, 정신적으로 건강해야 한다는 것은 말할 나위가 없습니다.

이 글을 쓰면서도 지극한 정성과 사랑으로 기르고 가르쳐주신 어머니의 은덕에 감사할 뿐입니다. 저의 마음속에는 어머니의 따뜻하고 배려많았던 마음 씀씀이가 남아있습니다. 제가 어떤 이익을 추구할 때 욕심이 넘친다 싶으면 어머니가 늘 하신 '다른 사람의 입장도 생각하고 이익을 나누라.'는 말씀이 생각나 베푸는 마음이 생깁니다. 다른 사람과 갈등이 생겼을 때도 '지는 것이 이기는 것'이라는 어머니의 말씀이 떠올라 상대의 입장을 생각하고 이해하여 제 욕구를 알아차려 좋은 관계를 되살리는 지혜를 갖게 됐습니다. 어릴 적 엄마의 양육은 오래도록 좋은 흔적을 남기고 있습니다. 어머님 정말 감사합니다.

여러분에게 어머니는 어떤 영향을 미쳤고, 어떤 흔적을 남기셨나요? 제 생각으로는 우리의 자아에 살아계시고, 지금 여기의 상황에 어떤 사람과 일 속에 나타나 판단하고 평가하며, 문제를 푸는 열쇠가 된다는 것은 분명합니다. 여러분의 오늘을 이루게 한 어머니를 생각하며 감사하세요. 혹 좋지 않았던 면은 '그때 어머니는 최선을 다했다.'는 용서를 하며 마음속의 옛 어머니를 버리고 새로운 어머니를 세워야 합니다. 어머니는 사랑과 헌신의 표상입니다. 나를 있게 한 어머니는 내 삶에 오랜 영향을 미치고 있습니다.

사랑은 인간의 도리를
가르쳐 주는 일입니다

사랑한다면 바른 인간의 도리를 가르쳐 주고
그릇된 도리에 빠지지 않도록 해야 한다.
— 춘추좌씨전 —

「춘추좌씨전」은 공자가 쓴 것으로 여겨지는 역사서 「춘추」를
'좌씨'가 풀어 쓴 것입니다. 「춘추」는 노나라 은공 원년(B.C.722)에
서 애공 14년(B.C.481)까지 242년간의 기록입니다. 5개의 주석서
중 남아있는 공양전, 곡량전, 좌씨전 중 좌씨전이 제일 풍부하고
재미있다고 평가됩니다. 「춘추좌씨전」은 「춘추」의 본문에 풍부한
배경 자료를 가지고 주석 즉 풀이를 단 것입니다.

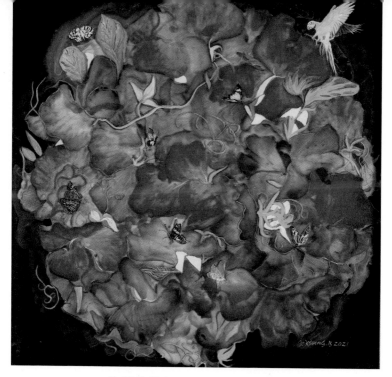

백애경 **향기속으로** 2018, Oil on canvas, 75x75cm

요즘은 부모님들이 자식을 너무 보호해 기르고 가르친 결과 자식들이 자기만 챙기는 이기주의자가 되어 공동체 정신과 배려를 모르는 몰염치한이 되는 경우가 많아지고 있습니다. 언젠가 도올 김용옥선생의 교육론 강의를 들었는데 교육을 2가지로 정리했습니다. 아이들을 건강하게 하고, 다른 사람과 더불어 사는 도리를 아는 교육이라 했습니다. 바른 도리는 다름이 아닌 다른 사람을 수단화하고 이용하여 자신의 이익을 위한 방편으로 삼지 않는 것입니다. 제가 좋아하는 철학자 칸트도 인간을 수단으로 대하지 말고 목적으로 대하라고 했습니다. 이것을 깨닫고 실천하기 위해 인간은 교육이 필요한 유일한 존재입니다. 그러나 요즈음은 수단과 방법을 가리지 않고 이기는 교육을 하고 있습니다. 따뜻함과 도리가 없습니다. 왜 인간인가? 서로 지탱해야 사람입니다. 혼자 사는 것이 아닙니다. 관계를 맺으며 사는 존재이기에 도리가 필요합니다. 그것은 더불어 사는 방법을 익히고 습관화하는 것입니다. 도리는 인위적이고 가공적인 것이 아니라 살아가는 데 필요하고 당연한 것입니다. 서로의 몸과 마음을 건강케 하고 더불어 사는 것이 평화와 행복을 주는 것임을 알고 실천하는 것이 도리인 것입니다. '서로 잘 살기 위해' 사랑하는 방법을 익혀야 하는 것입니다. 저는 교육을 '사람임에서 사람됨'에 이르는 길이라고 즐겨 표현합니다. 이 사람됨에 이르기 위해서는 자신의 존재만을 위하는 삶에서 상대를 인정하고 더불어 같이 살아가는 존재라는 것을 깨닫고 이를 실천해야만 합니다. 결국 우리의 삶은 배워서 남 주기 위한 삶을 살아야 하는 것입니다. 자신을 닦고 그것을 다른 사람을 위해 쓰는 것이 교육의 도리인 것입니다.

여러분은 자식을 어떤 방식으로 가르치고 기르시나요? 교육에서 어떤 것을 가장 중요시하시나요? 인간의 도리를 우선해야 한다고 가르치시나요? 아니면 아이의 출세를 위한 도구로 가르치시나요? 저도 가끔은 경쟁 논리로 아이를 망치는 교육을 하기도 했습니다. 교육학자로서 많은 반성을 합니다. 서로를 존중하고 사랑하는 도리 교육에 우선의 방점을 두어야겠다고 마음에 새깁니다. 함께 아이들의 밝고 아름다운 미래를 꿈꾸고 실현하는 이치에 맞는 도리교육을 실천하시게요.

사랑은 새롭게 세상을 보는 눈을
가지게 합니다

사랑은 눈먼 것이 아니다. 더 적게 보는 것이 아니라 더 많이 본다.
다만 더 많이 보이기 때문에 더 적게 보려고 하는 것이다.
— 랍비 줄리어스 고든 —

흔히 사랑을 하면 눈이 멀어진다고 이야기하는데, 사실이 아닙니다. 눈이 먼 것이 아니라 사랑을 통해 새롭게 세상을 보는 눈이 생기고 훨씬 더 예민해지면서 더 넓은 세상을 펼칩니다. 그래서 더 커 보이고 새롭게 보이는 세상을 좀 더 긍정적으로 풀이하고, 좋지 않게 보이는 것을 무시하거나 다르게 풀이하려는 경향 때문입니다. 사랑은 모든 것을 감싸 안을 수 있는 위대한 힘이 됩니다.

백애경 **몽환 속으로** 2021, Oil on canvas, 150x150cm

사랑은 상대의 장점은 더 크게 보지만 단점은 다른 특별함으로 풀어낼 능력을 줍니다. 천만 번 더 들어도 기분 좋은 말, '사랑해!' 입니다.

서툴어도 사랑한다고 말하는 것처럼 행복한 것이 없습니다. 이처럼 사랑한다는 것이 가장 아름다운 일임에도 불구하고 사람들은 시기하여 사랑에 눈이 멀었다고 합니다. 사랑은 평가의 문제도 판단의 문제도 아닙니다. 삶이 주는 바보같은 축복입니다. 진정한 사랑은 슬픔이나 아픔을 주지 않습니다. 소유와 욕망에 사로잡힌 사랑이 현실을 뒤틀고 파멸로 이끌기도 합니다만 그것은 사랑의 가면을 쓴 욕정일 뿐입니다. 욕심을 버리고 순수하게 사랑이 무엇인가를 살펴보는 것은 어려운 일입니다. 사랑에 승화가 없다면 본바탕이 뒤틀립니다. 그러기에 남들이 보기에 눈이 먼 것처럼 보일 수밖에 없습니다. 그러나 생의 기쁨과 아름다움이 모든 것을 보듬고 받아들이기 때문에 그렇게 보이는 것입니다. 그래서 사랑은 위대한 것입니다. 많은 것을 그냥 덮고 지나갈 수 있는 너그러움도 포함됩니다. 사랑!, 그 이름만으로도 아름답고 설레지 않나요?

여러분은 어떤 사랑은 하셨나요? 눈먼 사람처럼 상대를 제대로 보지 못하는 어리석음이 있었나요, 아니면 상대의 모든 것을 섬세하고 폭넓게 읽으면서도 사랑하는 사람의 어리석고 부족한 점조차도 보듬을 수 있었던가요? '사랑을 하면은 예뻐져요.'라는 말처럼 세상을 온통 아름답게 보게 하는 사랑을 통해 행복이 모두에게 왔으면 좋겠습니다.

명석한 두뇌보다도

부드러운 마음이 필요합니다

명석한 두뇌의 신중함도 따뜻한 부드러운 마음에 종종 패배를 맛본다.

─ 헨리 필딩 ─

18세기 영국의 소설가 헨리 필딩이 변호사보다 소설가를 택한 이유를 알듯 합니다. 요즘 나라 돌아가는 것도 보면 똑똑한 변호사들은 뛰어난 머리로 있는 자들이 법망을 피하는 법과 방어전략을 잘 짜서 돈을 버는지 모르지만 따뜻한 인간미가 있는 건지 의심스럽습니다. 예로부터 원칙주의자는 정이 없다느니, 냉혈한이라느니, 인정도 피도 없다느니 하면서 어느 순간 따뜻한 인정이

백애경 **꽃, 당신의 노래** 2021, Oil on canvas, 100x100cm

사라져 각박해졌다고 한숨을 쉽니다.

　위 구절을 읽으며 '네 말이 맞지만 네가 싫다.'는 말과 셰익스피어의 「베니스의 상인」이 떠올랐습니다. '사람 냄새'가 난다는 것은 모든 것을 명석하게 분석하고 평가하는 로고스적 삶보다는 약간은 허술하고 실수도 하며 빈구석이 있는 사람을 용서하며 껴안아 주는 정서, 즉 파토스적 냄새가 풍겨야 한다는 것입니다. 계산적인 것보다는 약간의 충동성이 오히려 인간미가 있어 보입니다.

거기에 따뜻한 마음이 자리를 잡고 있다면 금상첨화錦上添花겠지요. 베니스의 상인에 나오는 수전노 유태인이 아무리 계산을 잘한다 해도 따뜻함이 작용한 재판에서 이길 수는 없었던 것입니다. 부와 권력을 보고 관계를 맺는 것은 영리한 두뇌의 합당한 계산일지 모르지만, 수단적이며 이해를 앞세운 관계에 머무릅니다. 부와 권력보다도 이해관계가 없는 아름다운 인간미를 좇아 사귀는 것은 행복을 보장합니다. 마음의 부드러움을 사랑의 표현 방식이라 부르고 싶네요.

어떠신가요? 여러분은 영리한 두뇌의 신중함을 우선하나요, 아니면 따뜻함을 앞세우시나요? 워낙 이성과 로고스와 합리성을 앞세우는 사회이기에 후자를 많이 그리워할 것입니다. 세상이 모질고 마음이 오그라들 때 따뜻한 연탄 같은 사람이 그리운 법입니다. 약자에게 따뜻한 마음을 가지고 목소리를 들어주고 지지하며 보호할 때 정의가 아직도 살아 있다고 여깁니다. 이것이 따뜻함이 가진 희망이자 생명력입니다.

사랑는 멀리까지 비추는

작은 촛불입니다

저렇게 작은 촛불이 어쩌면 이렇게 멀리까지 비쳐올까!
험악한 세상에서 착한 행동도 꼭 저렇게 빛날 거야.

─ 윌리엄 셰익스피어 ─

위대한 일은 거룩하고 커다란 일만을 뜻하지 않습니다. 우리
마음을 기쁘게 하는 일상의 작은 친절한 선행입니다. 어둠 속의
한 줄기 빛이 안심과 평안을 주듯 일상의 따뜻한 말 한마디와 믿
음을 주는 미소, 물 한 잔, 빵 한 조각이 '세상은 어려워도 살 만한
곳'이라는 희망을 느끼게 합니다. 저도 말 한마디 잘못해서 한동
안 관계를 멀리한 사람도 있었고 사소한 격려와 지지, 위로의 말

한마디로 멀어졌던 사람과 화해하고 좋은 관계를 회복한 경험이 있습니다. 때로는 조금 양보해 나누어 주었는데, '고맙다.'는 말에 오히려 힘을 받은 적도 있습니다. 작은 나눔과 베풂이 의욕과 힘을 주는 경우도 많았습니다. 베푼 일이 저에게 감사와 기쁨이 된 것이지요. 세상의 빛은 상대만 비추는 것이 아니고 모두의 빛이 됩니다. 이것이 사랑의 힘이 아닐까요? '밥은 사랑입니다.'라고 한 김수환 추기경의 말씀도 밥은 나눌 때 큰 의미를 갖고 서로가 사랑하는 거룩한 빛과 에너지가 된다는 뜻이겠지요. 부끄럽기 짝이 없으나 이제부터라도 조그만 선행을 하며 세상의 희미한 등불이라도 되리라 다짐해봅니다. 그 빛은 세상을 살만한 곳으로 만드는 '우리의 빛'이 될 테니까요.

어떠신가요? 어떤 경험을 통해 감명받고 존재의 의미를 느끼셨나요? 작은 힘도 크다는 것을 느끼셨는지요? '험한 세상 다리가 되어'라는 노래처럼 지치고 힘들 때 서로 뒷받침하고 격려하는 정신적, 물질적 선행을 바탕으로 사랑을 나누면 어떨까요?

백애경 **화병에 반하다** 2020, Oil on canvas, 38x28cm

사랑은 그 자체 속에서
행복을 느낄 수 있습니다

사랑한다는 그 자체 속에서 행복을 느낄 수 있기 때문에 사랑하는 것이다.

— 블레즈 파스칼 —

'파스칼의 정리'와 「팡세」로 우리에게 잘 알려진 파스칼의 사랑에 대한 한마디는 간단하면서도 사랑과 행복의 상호관계를 잘 정리해 주고 있습니다. 사랑한다는 것은 어떤 대상에게 자신에게 어떤 것을 요구하고 바라는 조건이나 소유에서 생겨나는 것이 아니라 어떤 대상이 있다는 그 자체에 행복을 느낄 수 있다는 것입니다.

세상이 아름답게 보이는 것은 내가 세상을 소유하고 있어서가 아니라 세상을 있는 그대로 사랑하기 때문입니다. 그 아름다움을 느끼게 하는 것이 내 마음에 자리 잡은 사랑의 힘입니다. 사랑이 이 세상이라는 공간에, 아니 자신의 마음속에 함께 하고 있다는 사실 그 자체로도 우리는 행복합니다. 그 사랑은 감사와 은총으로 충만하며 그 감사와 은총을 함께 나누는 충만함이 행복입니다. 그러기에 세상에서 가장 아름다운 사랑은 만져지지도 소유할 수도 없는 단지 행복이라는 마음을 가슴에 느낄 뿐입니다. 그것을 어떤 모습으로 형상화 하는 순간 그 자체의 행복은 사라지고 감각의 노예가 됩니다.

스쳐지나가는 시간 속에서 우리가 행복한 순간을 가두어두려고 하는 욕심이 일어나는 순간 그것은 더 이상의 행복이 될 수 없듯이 사랑을 형상화하고 그것을 개념화하고 규정하자마자 우리는 사랑이라는 수많은 조건의 덫에 묶여서 불행하게 됩니다. 사랑한다는 그 자체는 희생과 헌신을 초월한 그 자체로 행복입니다. 내 마음 속에 사랑을 가두는 것이 아니라 사랑과 함께 그 자체로 행복을 누리는 삶을 살고 싶습니다.

사랑으로 잘못을 꾸짖기보다

칭찬하세요

아홉 가지 잘못을 꾸짖기보다 한 가지 칭찬을 해주는 것이
그 사람을 고치는데 효과적이다.
— 앤드루 카네기 —

철강왕이자 자선사업가였던 카네기의 말은 제 생각과도 같습
니다. 저도 교육할 때나 상담할 때 약점을 고치려 하기보다는 상
대의 장점을 더 강화하여 문제를 풀어가려고 하는데, 실제로 효과
가 있습니다. 사람들은 잘못을 지적받으면 '당신은 완벽하냐?'고
하며 상대방을 공격하면서 자기변명과 방어에 급급하니 개선이
힘듭니다. 사람의 에너지는 묘하게도 장점을 키우는 쪽으로 가면

백애경 **꽃-정물** 2020, Oil on canvas, 24x19cm

단점의 에너지가 줄어듭니다. 실제로 단점을 줄이라고 꾸짖고 나무라기보다 '당신은 이런 점이 참 좋아. 이런 좋은 점을 더 키우고 잘 활용하면 바람직하고 좋다.'고 격려하고 지지하면 효과가 큽니다. 사람을 변화시키는 것은 벌칙과 금지보다는 격려와 넉넉함을 통한 장려가 바람직합니다. 개개인의 긍정성과 자율성을 믿어야 합니다. 아름다운 사회를 만들기 위해서는 '저 사람은 변하지 않을 것'이라는 비합리적 신념보다는 변할 수 있다는 가능성에 기대를 걸어야 합니다. 믿음과 사랑으로 말입니다.

어떠신가요? 자신의 장점을 키움으로써 단점을 줄이고 이겨낼 수 있다고 보시는지요? 다른 사람에 대해서는 어떻게 생각하시나요? 결점이 많은 사람은 변할 수 없다고 보시나요? 어렵고 힘든 것도 사실이고, 변화에 많은 시간이 필요합니다. 그러나 저는 변화 가능성을 믿습니다. 물론 스스로 변하려는 의지와 결정이 가장 중요합니다. 그러기 위해서는 스스로 자신의 장점을 어루만지며 키워야 합니다. 도와주려는 사람은 단점을 나무라기보다 강점을 찾아 격려하고 칭찬하는 것이 더 좋습니다. 저는 사람의 올바른 변화를 믿습니다.

2

사람을 미워하는 것이

감옥입니다

정정임 **핑크빛 사랑** 2017, Acrylic on canvas, 90x90cm

정정임

조선대학교 미술대학 서양화과 졸업 동 대학원 석사를 하고
개인전 31회 기획초대 및 단체전 300여회를 참여했으며
해외전과 국제아트페어 40여회를 거쳐 오며 작업하고 있다.
인간과 자연의 삶,
즉 생명의 순환적 이미지와 내면적 자아를
나만의 조형언어로 일기를 쓰듯 기록하고 있다.

남이 진정으로 위하고 잘되도록

도와주세요

남을 진정으로 위하고 잘 될 수 있도록 어떻게 도와줄까?
고민하는 선한 마음은 나를 따뜻하고 행복하게 해줍니다.
잡념도 없어지고, 보약이 따로 없습니다.
오늘 기분이 나쁘다면 비록 작은 일이라도 누군가를 도와줄 생각을 하십시오.
— 혜민스님 —

당연하게 여겨지는 자신을 미워하거나 해치는 사람을 미워하
는 마음은 자신을 지쳐 쓰러지게 만들고 불행하게 합니다. 결국
상대가 노리는 것에 휘둘리는 어리석은 결과를 낳습니다. 상대가
힘들게 하면 할수록 거기에 빠지거나 집착하지 말고, 상대가 내
가 기대했던 사람이 아님을 생각하고 그를 불쌍히 여기고 그를 위
해 기도하면 어떨까요? 선한 마음만이 더러워진 마음을 이겨낼

정정임 **사랑의 정원 - 나의 섬** 2020, Acrylic on canvas, 30x30cm

수 있는 단 하나의 처방입니다. 남을 진정으로 위하는 길이 자신을 행복하게 해주는 겁니다. 자신을 해치려는 상대에게 집착하거나 오염되지 않으며 자신을 지키고 바르게 하는 좋은 약이기 때문입니다. '오늘 기분이 나쁘다면 작은 일이라도 누군가를 도와줄 생각을 하시오.'라는 경지에는 이르지 못할지라도 상대의 입장을 이해하고 상처를 이겨낼 수 있도록 기도하는 마음을 갖는 것이야말로 상대의 미움으로부터 자신을 지켜내고 마음을 따뜻하게 하는 지름길입니다. 상대와의 갈등과 대립을 넘어 조화롭게 어울리고 더불어 살면 행복이 옵니다. 상대의 미움을 잘 풀지 못하면 자신의 행복에 걸림돌이 됩니다. 상대가 드러낸 불편하고 힘든 마음을 사랑으로 안아주면 행복으로 돌아옵니다. 사랑의 힘은 크고도 큽니다.

여러분도 미워하는 대상이 있나요? 그들을 어떻게 대하시나요? '눈에는 눈, 이에는 이'로 대하나요? 아니면 평화롭게 연민으로 바라보나요? 어떤 때 마음이 편하시나요? 쉽지는 않지만 행복한 삶을 위해, 힘들어하고 미움이 큰 이들을 위해 사랑의 어루만짐으로 기도해주면 어떨까요? 반드시 따뜻한 행복으로 돌아옵니다.

바로 곁에 있는 가족부터
사랑하십시오

우리가 참으로 세계 평화를 바란다면 가족이 서로 사랑하는 것부터 시작해야 합니다.
때때로 서로에게 웃음을 보내는 것이 어렵습니다. 아내가 남편에게, 남편이
아내에게 미소를 짓기가 가끔은 힘들기도 합니다. 멀리 있는 이를 사랑하기는
쉽습니다. 그러나 바로 곁에 있는 사람을 사랑하는 것이 항상 쉬운 일은 아닙니다.
우리 가족 가운데 사랑받지 못한다고 느끼는 누군가의 외로움과 고통을
위로하는 것보다 가난한 사람에게 밥 한 그릇 주는 것이 더 쉽습니다.
— 마더 테레사 —

천주교에서 수녀는 자매(sister)라 부르는데 왜 테레사 수녀는
마더(mother)라 했을까요? 아마도 어머니의 상징이 자애로운 사
랑이기 때문일 것입니다. 말없이 깊은 신앙에 바탕을 둔 큰 사랑
의 마음을 전했던 테레사의 어록은 「이보다 큰 사랑은 없다.」란

정정임 **그 섬에 봄이 오면** 2019, Acrylic on canvas, 45x45cm

책으로 나왔습니다.

그녀의 말씀을 읽으며 진실한 말은 화려한 문장이 아닌 쉬우면서도 분명한 메시지를 전하는 것임을 다시 알게 되었습니다. 사랑을 외치면서도 사랑의 이름으로 상대에게 책임지우고 얽어매고 흠잡는 경우를 많이 봅니다. 진심에서 우러난 미소와 따뜻한 말로도 충분한데 사랑이란 이름으로 부담을 주며 사랑을 복잡하고 어렵게 만들어 버립니다. 어쩌면 사랑을 핑계로 상대에게 자신의 욕구를 채우려는 것은 아닐까요? 사랑은 고상하게 상대의 외로움과 아픔을 위로하기보다는 정성을 다해 상대에게 필요한 것을 베풀어 주는 것인데 자신의 방식으로만 베푸는 것은 아닌지 돌아봤습니다. 가까이 있는 어려운 사람들과 따뜻한 밥 한 그릇 나누는 것이 소중하다는 것을 다시 깨달았습니다.

여러분은 사랑을 무엇이라 생각하고 어떻게 실천하고 계신가요? 손길이 필요한 분들에게 어떻게 대해 주시나요? 그럴듯한 말보다도 따뜻한 미소와 말, 그리고 정성이 담긴 밥 한 그릇을 나누어야 하겠지요? 자신을 한없이 낮추고 따뜻한 가슴으로 어려운 이들의 영혼의 등불이 된 마더 테레사에게서 큰 사랑을 배웁니다.

가족의 사랑을 배우는
멋진 경험을 하십시오

세상에 태어나 경험하는 가장 멋진 일은 가족의 사랑을 배우는 것이다.

―조지 맥도날드―

5월을 우리는 가정의 달이라고 부릅니다. 가족과 관련된 기념일이 많습니다. 5월 5일은 어린이 날이고, 5월 8일은 어버이 날이고 5월 21일은 부부의 날입니다. 코로나로 인해 함께 모여 왁자지껄한 행사는 치르지 못하지만 가정의 중요함과 그 의미를 되새기는 시간을 가져야겠습니다. 가정은 좁은 의미에서는 한 가족이 생활하는 집이지만 넓은 의미에서 보면 확대 재생산되어 가까

운 혈연관계에 있는 사람들의 생활공동체입니다. 저는 5월이 되면 5. 18 광주민주화운동뿐만 아니라 조지 맥도날드가 '세상에 태어나 경험하는 가장 멋진 일은 가족의 사랑을 배우는 것이다.'라는 구절을 떠올립니다. 가족은 나와 부모를 중심으로 맺어진 몸, 마음, 영혼의 울타리이자 평안을 얻고 사랑을 느끼는 첫 안식처입니다. 뿐만 아니라 가족구성원들은 부모로부터 독립하여 떨어져 나가 새로운 가족을 형성하고 새로운 가정을 만들어갑니다. 가족은 피로 연결된 관계이기에 독립되어 새로운 가정을 형성한다고 하더라도 그 관계가 그치지 않습니다. 즐겁고 행복한 일이 있으면

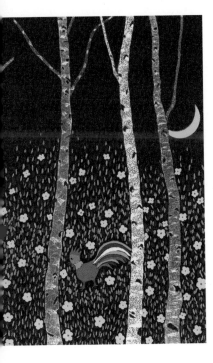

정정임 **사랑의 정원 - 달빛사랑**
2017, Acrylic on canvas, 160x382cm

당연히 같이 나누고 싶고, 어려운 일이 있어도 가족을 떠올리면 힘이 나고 위로를 얻습니다. 때문에 가족 중 누군가가 힘들면 온 가족이 나서서 기꺼이 돕습니다. 그러나 방법과 기대에 차이가 있으면 '남만도 못하다'고 흠잡으며 서운해합니다.

사랑은 모든 것을 감싸주기도 하지만 때로는 사랑하는 방식의 차이로 갈등을 겪기도 합니다. 특히 어려운 시기에 일어나는 갈등과 서운함은 가족을 진심으로 아끼고 존중하는 마음이 바탕에 깔려 있어야 오해가 오래가지 않고 쉽게 풀립니다. 한 가족이라도 사람과 환경을 대하는 것이 다르니 문제에 다가가는 방식과 태도도 같지 않습니다. 이것을 이겨내게 하는 힘이 진정한 사랑입니다. 사람들이 뭐라고 해도 자신의 말을 믿어주며 지극히 존중하고 보살피는 마음이야말로 '이것은 축복'이라고 외치게 합니다. 자신의 입장과 처지에서만 가족을 바라보면 안 됩니다. 그러면 비교가 일어나고 시기와 질투로 마음이 병들고 가족이 무너집니다. 충분히 가지고도 가족을 등지고 싸우는 재벌들의 행태들을 보십시요. 가족에게는 물질과 큰 바람이 아닌 진정한 사랑이 필요합니다. 저의 편안함을 위해 가족을 때론 외면하고 책임을 떠넘기며 저의 이익만을 추구하기도 한 속된 마음으로 오염되었던 저도 많은 반성을 해 봅니다.

여러분에게 가족은 어떻습니까? 사랑의 샘물입니까? 세상과 똑같은 이해관계로 얼룩진 전쟁터와 같은 곳입니까? 가족은 구성원 모두가 보살피고 사랑을 나누는 보금자리가 되어야 합니다. 외롭고 지칠 때 굳건한 버팀목이 되어주는 가족이 필요한 때입니다. 세상의 가장 멋진 일이 가족의 사랑을 경험하는 것이라는 말을 귀담아 들어야겠습니다. 특히 가정의 달인 5월에 함께 마음을 공유하고 나눌 수 있는 가족이 있어 저는 행복합니다. 여러분의 가정에도 사랑과 행복이 넘치시길 기원합니다.

용서는 과거를 변화시킬 수 없으나

미래를 넓혀줍니다

용서는 과거를 변화시킬 수 없다. 그러나 미래를 넓혀준다.

—파울 뵈세—

읽으면서 '어떤 가족에게도 가장 중요한 이 말을 잊지 마라. 사랑해, 당신은 멋져, 용서해줘.'라고 말한 잭슨 브라운 주니어의 말이 생각났습니다. 성찰과 반성의 문제겠지요. 인간은 불완전한 동물이기에 실수와 잘못을 많이 저지릅니다. 어떤 때는 자신과 상대의 잘못에 너그러우면서도 다른 때는 별것 아닌 것에도 발끈하며 관계를 불편하게 하는 경우가 있습니다.

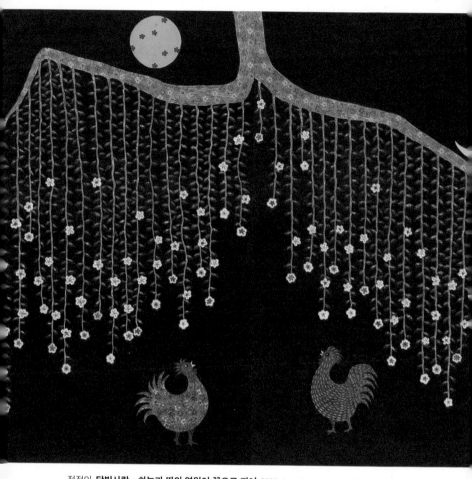

정정임 **달빛사랑 – 하늘과 땅의 염원이 꽃으로 피어** 2020, Acrylic on canvas, 210x244cm

용서는 자신에게 걸림돌이 있거나 상대에게 뭔가 장애물이 있을 때 주고받기 힘듭니다. 그러면 서로 마음의 상처를 안고 미움을 키웁니다. 용서한다고 해서 과거를 되돌려놓을 수는 없으나 진심으로 용서를 청하고 받아준다면 다음에는 걸림돌이 생기지 않습니다. '사람은 불완전한 존재'라는 사실을 마음에 새기면 용서하고 받아들이는 것이 어렵지 않습니다. 그러나 중요하게 여기는 것을 잃는 아픔이나 열등감을 건드리는 일이 일어날 때 용서를 하기가 쉽지 않습니다. 그러기에 사랑에 더해야 할 것이 용서입니다. 용서 없이는 사랑이 없고, 용서를 통해 자신의 장막과 걸림돌을 찾아낼 수 있다면 삶은 훨씬 아름다워질 것입니다. 과거보다는 지금이 훨씬 귀하다는 것을 명심하기로 하지요.

어떠신가요? 용서하기보다는 상대의 잘못을 응어리로 담아두거나, '나는 그럴 수밖에 없었다'라고 내세우지는 않는지요? 이 둘은 삶의 성장에 도움이 되지 않는 '마음의 쓰레기'인지도 모릅니다. 나를 위해 용서하면 아름다운 사랑과 꽃피는 행복이 품으로 들어오지 않을까요?

무관심은 살아있는 모든 것을

죽게 만듭니다

무관심은 극지방의 빙하와 같아서 살아있는 모든 것을 죽게 만든다.

— 오노레 드 발자크 —

어떤 아는 분께 미움과 사랑은 동전의 양면과 같다고 말한 적이 있습니다. 긍정적이든 부정적이든 관심을 받고 있다는 것이기 때문입니다. 상대에게 어떤 말이나 요청을 했을 경우 반응이 없을 때와 부정적인 답이라도 했을 때를 비교해보면 알 수 있습니다. 반응이 없으면 자신이 무시당하고 있다는 느낌이 더 강하게 옵니다. 관계가 서로를 무조건 존중하는 바탕에서 이루어지면 가장 좋겠지만 존재 자체를 부정하면 최악입니다.

진짜 싫은 사람과는 대꾸도 하기 싫고 만나는 것조차 꺼려집니다. 그것은 상대방의 존재 자체를 부정하는 것입니다. 그 사람이 있기는 하지만 무의미한 것이고 마음에는 이미 버려진 존재라고 볼 수 있습니다. 그나마 부정적으로라도 반응을 하는 경우는 아직 관계의 불씨가 살아 있습니다. 요즘 부모들이 아이들과 어떤 관계를 맺고 있는지 생각해 볼 필요가 있습니다. '존재의 관계'가 아닌 '수단적, 물질적 관계'가 앞서는 때가 많습니다. 부부관계도 문제없어 보이는 그럴듯한 무관심의 관계도 있습니다. 실은 얼음장 같은 부부입니다. 사람은 관심을 먹고 사는 존재이며, 무관심에서 벗어날 때 비로소 사랑의 싹이 틉니다.

어떠신지요? 존재를 먼저 긍정하고 서로를 존중하시는지요? 가만히 있으면 중이라도 간다는 마음으로 자신의 마음을 들키지 않은 채로 무관심하게 사시는지요? 인간은 관심과 인정을 먹고 사는 사랑이 필요한 동물입니다. 생명이 넘치는 세계를 위해 주위 분들께 정을 듬뿍 담은 관심을 보여 보실까요? 여러분 사랑합니다!

진심으로 사랑하는 것은
서로가 똑같은 영혼을 알아보았기 때문입니다

진심으로 사랑하는 것은 그 사람의 외모나 조건 때문이 아니다.
그에게서 나와 똑같은 영혼을 알아보았기 때문이다.

— 톨스토이 —

위대한 작가이자 평생 사랑을 실천하고 바르게 살았던 톨스토이여서가 아니라 '똑같은 영혼을 알아보았기 때문'이라는 말에 짜릿한 감동을 받았습니다. 순수純粹의 소중함에 대해 이야기했던 때가 떠올랐고, 속물화되어가는 저를 들여다보게 되었습니다. 벗이든 이성이든 부부든 부모·자녀 간이든 깨끗한 영혼을 보는 일은 아름답고 행복한 은총입니다.

정정임 **사랑** 2016, Acrylic on hipolpannel, 23x33cm

'그 사람을 알려면 사귀는 친구를 보면 안다.', '끼리끼리 모인
다.'는 말은 이를 이르는 말입니다. 학문이 깊은 동료 교수에게 윗
글을 읽어주니, '벗 우友'와 '벗 붕朋'의 차이를 알려주며, '우'는
세상에서 흔히 쓰는 친구라는 말이고 '붕'은 조건이나 이익이 아
닌 맑은 영혼의 진실한 맞부딪힘을 담고 있다고 일러주었습니다.
사랑하는 사람과의 만남에서 제 영혼을 해맑게 해야겠다고 다짐
합니다. 경험으로는 제 영혼이 맑을 때는 사랑하는 이의 좋은 점
이 보이지만 흐려지면 나쁜 점이 많이 보여 마음을 흔들었습니다.
가르치는 선생으로서 석류처럼 솔직하고 순수하게 저의 속 마음
을 드러내 보이겠습니다. 진실로 많이 부끄럽습니다.

어떠십니까? 순수한 영혼의 아름다움을 느끼시나요? 흐린 거울로 세상과 사람을 잘못 보거나 뒤틀어 본 적은 없으신가요? 영혼을 맑고 깨끗하게 하는 일이야말로 사랑하는 사람들과 함께 행복공동체를 만드는 기둥입니다. 해맑은 영혼을 벗하는 은총을 누리시길 기도합니다.

고귀한 정신을 지닌 사람은
사랑 때문에 행동합니다

고귀한 정신을 지닌 사람은 사랑을 얻기 위해서가 아니라 사랑 때문에 행동한다.

— 토머스 오버베리 —

사랑받고 싶은 현대인에게 사랑은 줌으로써 행복하다는 메시지를 주네요. 사랑에 목마른 사람은 주고 싶은 마음이 없으면서도 사랑받기 위해 사랑하는 척함으로써 사랑을 얻어냅니다. 그러한 행위는 아름답지 않지요. 사랑받기 위해 사랑을 주거나 '하는 척'하는 사람은 자신이 원하는 사랑을 얻지 못하면 상대를 미워하고 깎아내립니다. 그것은 게임이고 거짓 사랑이지요.

진짜 사랑하는 사람은 줌으로써 행복을 얻기에 되돌아오는 사랑은 덤입니다. 그러기에 더욱 고마운 마음이 생기고 삶이 살찝니다. 제 경험도 상대에게 뭔가를 바랄 때는 불편했고, 마음을 몰라 줄 때는 미움도 생겼습니다. 그러나 아무 기대도 없는 사랑을 줄 때는 평화도 얻고 기쁨에 넘쳤습니다. 그러면 사랑을 귀한 마음으로 행하게 되고 다 주어도 아깝지 않을 만큼 행복이 넘치게 되었습니다. 진정한 사랑은 가진 것을 다 주어도 기쁨이 샘솟는 야릇한 힘이 있습니다. 때로는 속된 욕심에 힘들 때도 있지만 무조건적 사랑의 실천이 뿌듯한 감사로 이끈다는 사실을 알았습니다.

어떠신가요? 먼저 주는 고귀한 사랑을 하고 계시나요? 그 행복도 느끼시나요? 우리 모두 주고받는 사랑에 익숙해 있지만 주는 것만으로도 기쁨이 넘치는 드높은 사랑을 떠올리는 하루 되었으면 합니다.

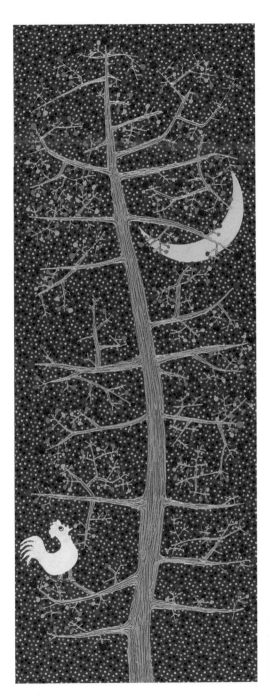

정정임
**그리운 것은 모두
달에 있다**
2017, Acrylic on
canvas, 100x40cm

모든 인간에게 가장 큰 선물은

용서, 관용, 경청과 존경 그리고 이해입니다

원수에게 줄 수 있는 가장 큰 선물은 용서이다.
적에게는 관용, 친구에게는 경청, 자식에게는 좋은 본보기,
아버지에게는 존경, 어머니에게는 자식의 자랑스러운 행동, 스스로에게는 자존감,
그리고 모든 인간에게는 타인에 대한 이해가 가장 좋은 선물이다.
— 벤자민 프랭클린 —

옛날에 저는 원수에게는 용서가 있을 수 없다고 생각했습니다. 그런데 이제 와 생각하니 용서는 자신을 위해 필요한 것이고 용기 있는 사람만이 할 수 있는 은총이라 여깁니다. 용서는 행복의 문을 여는 열쇠입니다. 적으로 여기는 사람에게 너그러이 하는 것은 평화를 앞당기는 길입니다. 친구의 이야기는 경청하는 것 즉 잘 듣는 것은 이해하고 보듬고 공감하기 위해 꼭 필요합니다. 부모는

마땅히 자식에게 좋은 본보기로 모범이 되어야 하며, 자식은 바른 삶을 가르쳐주신 아버지께 존경의 찬사를 드리고 어머니께 자식의 도리를 다 함으로서 모성애의 거룩함에 감사해야 합니다. 스스로에게는 이만하면 나도 괜찮은 놈이라 여기는 자신을 소중한 존재로 여기는 자존감과 자기 자신과 의견이 다르더라도 다른 생각을 하는 다른 사람도 괜찮다는 타인에 대한 이해가 필요합니다. 자신과 생각이 다른 상대를 이해한다는 것이 쉬운 일은 아니지만 상대를 이해할 수 있다면 상대가 있다는 자체가 삶을 더 다양하고 풍성하게 하며 더불어 행복을 나누는 감사를 누릴 수 있습니다. 이 모든 행위의 밑바닥에는 사랑이 자리해 있습니다.

기쁨과 행복을 서로 나누면서 삶은 더욱 의미와 가치가 있게 됩니다.

어떠신가요? 프랭클린의 금과옥조金科玉條 같은 말이 실천되는 터전인가요? 아니면 미움과 억누름이 마음속에서 꿈틀거리는 어지러운 지옥과 같은 곳인가요?

오늘부터라도 서로에게 좋은 선물을 주어 우리 터전을 사랑이 넘치는 행복의 보금자리로 만들어보실까요? 저부터 그렇게 하겠습니다.

사람을 미워하는 것이
감옥입니다

감옥 문을 나가는 순간 나는,
그 사람들을 미워한다면 여전히 감옥에 갇혀있게 된다는 사실을 깨달았다.
— 만델라 —

역시 위대한 지도자다운 말입니다. 그는 조국의 민주화운동 과
정에서 독재정권으로부터 수많은 괴롭힘을 당했고, 오랜 시간을
감옥에서 보냈습니다. 용서하는 것은 화를 억누르거나 지난날의
기억을 없애는 것이 아니라 내 마음에 있는 상처를 지우기 위해
지난 일로부터 자유로워지는 것입니다. 과거로부터의 해방은 상
대방이 잘못하도록 계속 놔두는 것이 아니라 현재의 자신을 치유

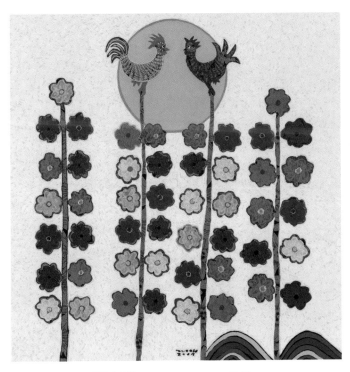

정정임 **사랑** 2017, Acrylic on canvas, 90x90cm

하기 위한 자신의 '행복을 위한 선택'입니다. 왜냐하면, 용서하지 않으면 분노와 증오라는 감옥에 계속 갇히게 되기 때문입니다. 육신을 가두는 감옥만큼 미움과 증오라는 마음의 감옥은 나날의 삶을 피폐하게 합니다.

만델라는 위대한 혁명을 이루기 위해서는 과거의 아프고 쓰라린 사건으로부터 해방되지 않으면 안 된다는 사실을 깨달은 것입니다. 그의 위대함은 여기에 있습니다. 자신에게 주는 가장 위대한 선물이 '용서'라는 것을 안 것입니다. 진정한 해방을 위해서는 육신의 감옥뿐만 아니라 마음의 감옥으로부터 풀려나는 것이 중요함을 깨달은 것입니다. 그의 위대한 과업은 감옥을 나서는 순간 자신을 괴롭힌 독재자를 용서함으로써 이루어지기 시작한 것입니다. 원수를 사랑하라는 예수의 말씀을 실천하기는 너무 힘든 일이겠지만 자신의 평화를 위해 상대를 용서하는 일은 반드시 필요합니다. 미워하지 않고 용서하는 것이야말로 사랑의 진정한 실천이고 평화와 행복으로 가는 지름길입니다.

어떠신가요? 만델라처럼 위대하고 특별한 사람에게나 가능한 일이라고 여겨지시나요? 보통 사람이기에 미움을 품고 살아야만 할까요? 삶의 행복과 평화를 위해 '용서의 위대한 힘'을 믿어보면 어떨까요? 저는 보통 사람의 빛나는 선택을 믿습니다!

가난한 사람은 덕행으로

부자는 선행으로 베풀어야 합니다

가난한 사람은 덕행으로 부자는 선행으로 이름을 떨쳐야 한다.

─조제프 주베르─

주베르는 '명상록'에 주옥같은 말들을 많이 했습니다. '성공을 거두기 위해서는 남에게 사랑받는 덕과 남들이 두려워할 만한 뚜렷한 소신이 필요하다.'와 '우리의 일생은 남에게 얽매어 있다. 남을 사랑하는 데 인생의 반을 쓰고 반은 남을 비난하는 데 쓴다.'라는 말이 이어집니다. 행복하게 살아가는 방법은 무엇인가? 곰곰이 생각해보면 자신을 사랑하는 것처럼 남을 사랑하는 것입니다

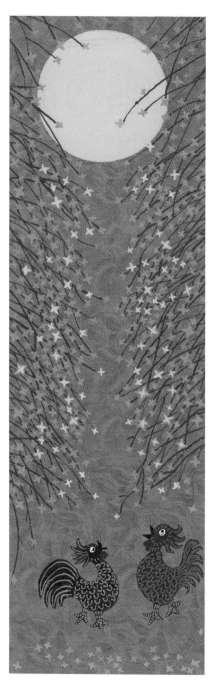

정정임 **달빛사랑** 2017,
Acrylic on canvas, 130x45cm

(자신을 사랑하지 않는 사람은 빼야 하지만요^^). 그런데 사랑하는 방법에 차이가 날 뿐입니다. 주베르의 말처럼 자신의 여건에 맞게 베풀면 됩니다. 여유가 있는 사람은 물질에 사랑을 담아 베풀면 좋고, 가난한 사람은 덕행 즉 넉넉한 사랑의 마음을 주면 될 것입니다. 불교에서도 보시의 방법을 여러 가지로 제시한 것은 자신이 처한 상황과 여건에 따라 선업을 쌓을 수 있다는 것입니다.

그런데 덕행과 선행은 바라는 바가 없어야 합니다. 베풀면서 상대에게 바라는 것이 있으면 뒤틀릴 가능성이 짙습니다. 진정한 베풂은 자신의 입장에서가 아니라 상대를 먼저 생각하고 앞세우려는 배려입니다. 칸트가 말한 절대선이 답이 될 수 있습니다. 선행이 우월감이나 만족을 위해 하는 거라면 순수함을 떠난 것입니다. 저도 이 수준에 머무르고, 절대선의 경지에 미치지 못함을 고백합니다.

여러분은 어느 쪽에 더 많은 시간을 쓰시나요? 덕행과 선행을 베풀며 행복이 넘치시나요? 아직까지 나눔을 아끼시거나 다른 사람에게 베푸는 맘의 여유가 없으신가요? 주베르는 부자와 가난한 자로 나눴습니다만 선행과 덕행을 얼마나 베풀었느냐가 삶의 질을 결정짓는다는 것은 사실입니다. 이것은 단지 양의 문제가 아니라 마음씀의 문제입니다. 저도 부족한 측면입니다만 우리 함께 자신 못지않게 남을 사랑하는 시간을 가져보실까요? 그러면 행복의 문이 열립니다.

3

사랑하는 사람의 귀는

열려있습니다

강동호 **Angel Mine (1)** 2021, Acrylic on canvas, 53x45cm

강동호

조선대학교 미술대학과 동 대학교 교육대학원을 졸업하고
개인전 10회와 80여 회의 단체전에 참여하였다.
밝은 색감과 창의적인 작업으로
복잡한 세상을 살아가는 혼종의 이미지들을 유쾌하게 그려내며
어린아이와 같이 자유분방하고
상상력이 풍부한 작품 세계를 보여준다.

사랑으로 주어진 선물은

마음의 평화, 안정, 기쁨 그리고 대담무쌍함입니다

사랑으로 주어진 선물인 마음의 평화, 안정, 기쁨 그리고 대담무쌍함은
이 세상에 비교할 것이 없을 정도로 거룩한 것이니,
사랑의 진정한 축복을 아는 사람에게는 더욱이 그렇다.
— 레프 톨스토이 —

코로나가 오기 전인 몇 년 전에 본 '꿍짝'이라는 뮤지컬 형식의
연극은 소설 '사랑방 손님', '동백꽃', '운수 좋은 날'에서 '사랑'을
주제로 끄집어내어 감동을 주었습니다. 신에 대한 사랑부터 인간
의 갖가지 사랑까지 종류와 표현하는 방법은 다르더라도 사랑은
분명 세상 어떤 것과도 비교할 수 없는 기쁨과 행복, 평화와 안정,
큰 용기와 살아야 할 이유를 줍니다. 사랑이라는 말을 떠올리는

것만으로도 감동이 밀려오지 않나요?

'사랑을 하면은 예뻐져요.'라는 말에 외모를 먼저 떠올리지만 실제로는 외모보다는 기쁨과 행복이 넘쳐 마음이 넉넉해지고 그 덕에 외모도 여유와 평화가 넘쳐 미소를 띠는 예쁜 얼굴이 되는 것입니다. 그러기에 실제로는 마음이 예뻐지는 것입니다. 마음이 예쁘니 당연히 미소가 넘치고 외모도 예뻐집니다. 사랑을 받는 것도 기쁨이지만 실은 줌으로써 더 큰 행복과 축복을 얻습니다. 대담무쌍한 용기도 이때 생기는 것입니다. 신을 사랑하여 믿음을 위해 목숨을 기꺼이 내놓고, 나라를 위해 목숨을 바치고, 자식을 위해 모든 것을 희생하며, 때 묻지 않는 남녀의 순애보 같은 희생을 합니다. 삶의 의미와 가치가 되는 아름다운 희생은 어떤 것도 이를 대신할 수 없습니다. 이때 사랑을 거룩하다고 하겠지요.

여러분에게 사랑은 어떤 것인가요? 어떤 사랑의 경험을 간직하고 계신가요? 가끔의 저처럼 욕망을 채우기 위한 이기적이고 수단적인, '포장된 사랑'에 익숙하신가요? 아니면 순수하고 거룩하며 신성한 사랑 이었습니까? 마음에 평화와 안정을 주며 기쁨으로 넘치게 하는 사랑을 했습니까? 때로는 큰 용기를 갖게 하는 신묘神妙함이 있었습니까? 부끄럽지 않은 사랑이 꽃피도록 두 손과 마음을 모아볼까요?

사랑은 상대에게
귀 기울이는 것입니다

사랑의 첫 번째 의무는 상대에게 귀 기울이는 것이다.

— 폴 틸리히 —

철학자의 신학자이자 신학자의 철학자라 불리는 폴 틸리히는 루터교회 목사인 아버지의 영향으로 할레대학에서 신학을 공부하고 브레슬라우대학에서 철학박사를 받았습니다. 성서의 비신화화를 요청하는 루돌프 불트만의 영향과 1차 세계대전 때 군목軍牧으로 있으면서 인간의 잔인성을 보며 불안과 절망을 체험했습니다. 1924년 마르부르크 필리프대학 부교수가 되어 학자의 길을

강동호 **Angel Mine (5)** 2021, Acrylic on canvas, 53x45cm

걸었으나 히틀러의 등장으로 비유대인 중 최초로 프랑크푸르트 대학에서 쫓겨나 미국의 유니온신학대학에서 신학, 심층심리학, 문학, 춤과 철학 등 여러 방면의 해박한 학식으로 스타교수가 되었다. 특히 「존재에로의 용기(The Courage to Be)」는 널리 읽히는 책입니다.

그의 생애를 정리하며, 길지 않은 세상에 불안을 느끼지 않게 위로를 주는 것이 사랑일진대 그 실마리는 흔히 경청이라고 말하는 상대의 말을 귀 기울이며 시작하는 소통이라 느꼈습니다. 경청은 상대를 진정으로 존중했을 때 가능한 법입니다. 신은 존재 그 자체고, 신을 믿으면서 갖게 되는 '불확실성'은 물리칠 것이 아니라 오히려 적극적으로 받아들이는 용기가 있을 때 신앙의 역동성을 구현할 수 있듯이 인간 상호 간에도 똑같이 맞춤할 수 있습니다. 상대에게 귀를 기울이지도 않고 사랑한다는 것은 말이 안 됩니다. 사랑은 상대가 전하고자 하는 메시지를 힘써 들음으로써 시작되는 것입니다.

어떠신가요? 상대의 말에 귀를 기울이면서 시작하십니까? 소중하다고 생각하는 것을 일방적으로 줌으로써 사랑이 시작되었다고 생각합니까? 상대의 존재에 바탕한 사랑은 상대를 인정하는 데서 시작하고, 이야기를 들어주면서 더 펼쳐집니다. 그래서 더 심오한 궁극적 사랑으로 나아갑니다. 오늘부터 상대의 이야기를 들어주는 마땅함을 함께 실천해보실까요?

사랑은 사랑하는 이 순간에

하는 것입니다

사랑은 나중에 하는 것이 아니라 지금 하는 것이었다.
살아있는 이 순간에.
— 위지안 —

상하이 푸단대학 교수였고, 2009년 암으로 세상을 떠난 위지안
이. "늘 내가 살아가는 이유(차생미완성次生未完成)"에 남긴 구절입니
다. 사람들은 누구나 인정받고 싶은 욕구가 있는데 그 방법에는
차이가 있습니다. 순수해야 한다는 것이 당연하지만 표현 방법에
는 부드럽고 따뜻한 사랑과 극단적인 통제를 통한 지배욕구로 나
뉘어 나타납니다.

저를 생각해보니 부끄럽기 짝이 없습니다. 속마음을 숨긴 채 반대로 나타낸 적이 많았습니다. 속마음을 숨겨서라도 인정을 받으려고 했던 적이 있습니다. 부드럽고 따뜻한 사랑처럼 보이게 했으면 상처라도 주지 않았을 텐데, 사랑한다고, 아긴다는 이유로 합리화하며 상대의 감정은 아랑곳하지 않고 상처 주는 말과 행동을 했던 적도 많았습니다. 정말 반성을 많이 합니다. 게임과 마음속 라켓감정 즉 거짓된 감정이 지배했던 적이 많았던 것 같습니다. 인격이 부족한 것입니다. 위지안의 죽음을 앞둔 고백은 '나날의 삶이 보물인데 그 삶을 사랑으로 채우지 못한' 한이 담겨있는 것입니다. 사랑은 받는 것이 아니라 아낌없이 주는 것입니다. 그것이 아름다운 삶을 이끕니다. 이제부터라도 사랑을 포장하지 않고 있는 그대로 고스란히 주어야 하겠습니다. 상처받은 분들게 알게 모르게 상처 준 것을 빌고 용서를 청합니다.

여러분은 사랑을 품으면 그대로 전하시나요? 아니면 예전의 저처럼 그럴듯한 이유를 대며 판단하고 평가해 상대를 억누르고 끌고 가려 하시나요? 사랑한다면 상대의 말을 열과 성을 다해 듣고 배려해 보세요. 그리고 지금 사랑한다고 말하세요. 이것이 행복과 평화의 시작이자 끝입니다.

강동호 **Angel Mine (2)** 2021, Acrylic on canvas, 53x45cm

사랑은 고뇌와 인내에서
얼마만큼 견딜 수 있는가를 보여줍니다

사랑은 우리를 행복하게 하기 위해 있는 것이 아니라
우리가 고뇌와 인내에서 얼마만큼 견딜 수 있는가를 보여주기 위해 있다.
—헤르만 헤세—

역설입니다. 세상이 행복해 보이는 것은 내 안에 사랑이 있기 때문입니다. 그렇다고 자신 밖의 사람과 세상이 늘 기쁘고 행복한 상태에 있지는 않을 것입니다. 많은 편견과 차별에 아파하고, 생각의 차이로 갈등하며, 때로는 분노하고, 모략과 오해로 시련과 좌절을 겪기도 할 것입니다. 이때 세상에 우뚝 서 나와 타인을 지켜주는 힘이 사랑입니다.

'고뇌와 인내에서 얼마만큼 견딜 수 있느냐를 보여주는 힘이 사랑'이라는 말은 사랑이야말로 모든 것을 참아내고, 희망을 갖도록 하며 그리고 고난을 이겨낼 수 있는 큰 힘을 가지고 있다는 것을 강조한 것입니다. 자신 안에 사랑을 간직하는 것이 우선이겠지만 자신이 사랑하거나 사랑받고 있다고 여기는 사람이 있다는 사실도 어려움을 이겨내고 살만한 가치가 있다고 여기게 하는 힘이 사랑에는 있습니다. 신앙에 따른 사랑은 세속의 시련을 영광으로 돌릴 수 있게 하는 한없는 축복입니다. 사이비 종교와 신앙이 아니라면 세속의 시련이 영생의 행복을 준다면 그 고통을 누가 마다하겠습니까? 부귀와 영화가 있다하더라도 그 속에 사랑이 없으면 아무것도 아님을 다시 생각합니다.

깊은 진리를 깨달아도 그 안에 사랑이 없으면 그냥 울리는 징과 같고, 다른 모든 것을 감싸주는 것이 사랑이며, 사랑이 없으면 아무것도 아니라는 성경의 말씀처럼 사랑을 으뜸으로 여기고 계시는지요? 제가 생각하는 사랑, 행복과 희망 중에 그 중심은 사랑입니다. 세상이 따뜻하고 행복한 것은 사랑이 있기 때문입니다. 갈등에 대한 용서도 어려움을 이겨내는 힘도 사랑이 키워줍니다. 저와 함께 사랑의 싹을 정성껏 키워보실까요?

빵 한 조각이 없어 죽기도 하지만

작은 사랑도 받지 못해 죽어가는 사람은 더 많습니다

세상에는 빵 한 조각 때문에 죽어가는 사람도 많지만,
작은 사랑도 받지 못해서 죽어가는 사람은 더 많다.
―마더 테레사―

살아가는데 빵 한 조각이 얼마나 소중한가는 아무리 강조해도 지나치지 않습니다. 문제는 빵에 담긴 정성과 사랑이 더 중요하다는 것입니다. 빵도 소중하지만 사랑이 더 소중하다는 가르침은 매우 귀합니다. 루마니아 고아를 대상으로 한 스피츠 박사의 연구는 제공하는 음식의 양보다 아동의 성장에 접촉이 포함된 사랑이 더 많은 관련이 있다는 사실을 밝히고 있습니다. 할로우 박사의 원숭

강동호 **Hands of Love** 2021, Acrylic on canvas, 60x72cm

이 실험, 보울비 박사의 애착에 관련된 연구들도 인간은 빵만으로는 살 수 없다는 것을 증명합니다. 부드러운 접촉과 애정어린 눈빛과 관심이 사랑이라는 이름으로 스며들어야 합니다.

사랑은 고난과 감정의 혼돈을 이겨내고 일어설 수 있는 힘을 줍니다. 그러기에 강한 생명력은 빵 한 조각이 아닌 사랑에서 나옵니다. 빵 한 조각은 물질입니다. 빵 한 조각은 칼로리로 바뀌어 몸이 되고 에너지가 되어 쓰이지만, 만약 그 속에 만든 사람의 정성과 사랑이 담긴다면 감사와 기쁨으로 찬미하게 되어 강한 생명의 에너지가 될 것입니다. 물질도 소중하지만, 인간관계에 영혼을 아우르는 것은 더 귀한 자산이자 생명력의 바탕입니다. 힘겨워하는 사람을 연민과 사랑으로 어루만지고 보살피는 것은 희망을 주는 것입니다. 세상에 나 혼자 있는 것이 아니라 나를 사랑하는 존재가 있다는 사실은 아무리 어렵고 힘든 상황이라도 이겨낼 수 있는 인내와 용기라는 생명력을 줍니다.

어떠신가요? 물질과 사랑의 에너지가 함께 넘쳐 기쁘고 감사한 삶이신가요? 물질은 넘쳐나지만 마음이 허전하지는 않으신지요? 가난하지만 사랑이 넘쳐나는 행복을 누리시는지요? 아니면 빈곤하여 좌절과 절망을 느끼시는지요? 물질도 중요하지만 당신이 가진 사랑의 에너지가 더 소중합니다. 당신은 누군가에게 사랑의 에너지를 줌으로써 귀한 생명을 살릴 수 있는 훌륭한 사람이 될 수 있습니다.

참된 사랑은

아무 기대가 없습니다

아무 기대 없이 사랑하는 자만이 참된 사랑을 안다.

— 월터 M 시라 —

윗 구절을 읽으며 제가 사랑한다는 이름으로 전했던 많은 메시지에 기대나 욕구가 많이 담겨있었다는 것을 알아차림 했습니다. 그러기에 제가 표현한 사랑은 순수하고 참된 것이 아니라 사랑을 빗댄 욕심이었다는 것을 알게 되었습니다. '너를 사랑하니까 하는 말인데, 다 너 잘되라고 하는 말인데, 나 욕심 없어요. 나를 사랑한다면 내 말을 믿고 따르세요.' 등은 내 소망을 이루기 위해 사랑이라 포장한 말을 많이 하고 살았습니다.

　잠시 마음에서 일어나는 욕구들을 들여다보는 것은 오염을 털고 순수함을 찾으려는 것입니다. 일부러 사랑인 것처럼 포장하고 꾸미는 것은 본질을 흐르게 만듭니다. 순수한 사랑은 자연스러운 것이어서 구태여 이름을 붙이지 않아도 사랑 그 자체인 것입니다. 그래서 사랑은 조건이나 기대나 거래가 형성되는 것이 아닙니다. 사랑 자체가 영성적이기에 감각화 하고 논리적으로 분석하는 것은 장님이 코끼리를 만지는 것과 같습니다. 기대가 많을수록 사랑은 집착으로 변하고 본질은 사라져 갑니다.

　참된 사랑을 무엇이라 여기시나요? 참된 사랑을 느껴본 가슴 떨린 경험이 있으신가요? 아무런 바램도 없는 것이 참된 사랑의 한 속성이라는 것은 분명합니다. 기대에 맞지 않는다고 사랑이 식거나 부족하다고 생각되면 자신의 마음을 들여다보고 마음을 추슬러 볼 필요가 있습니다. 사랑은 순수한 마음에서 나오니까요.

사랑하는 사람의 귀는
열려있습니다

사랑하고 있는 사람의 귀는 아무리 낮은 소리라도 다 알아듣는다.

― 윌리엄 셰익스피어 ―

사랑한다는 것은 모든 것을 바쳐 행복하게 해주고 싶은 마음이 있다는 것입니다. 그래서 상대가 주는 메시지에 깊이 귀를 기울입니다. 사랑하고 있는 사람은 신이든 사람이든 자연이든 그 대상이 전하는 소리를 잘 듣고 이해하려 합니다. 아니, 잘 듣고 이해합니다. 이것이 진정한 사랑의 시작입니다.

만약 어떤 사람이 대상에 대한 관심과 민감도가 떨어지고 메시

강동호 **Angel Mine (8)** 2021, Acrylic on canvas, 53x45cm

지를 읽는 것이 둔해진다면 사랑이 식어가는 징조입니다. 어떤 대상을 사랑하면 장소와 시간을 넘어 꿈에까지 나타나 기쁘고 행복하게 합니다. 사랑하는 사람이 있다는 것이 즐거울 뿐만 아니라 무언가를 해 줄 수 있다는 것이 살아가는 이유가 되기도 합니다. 그러기에 상대의 말을 놓치지 않으려고 귀를 기울입니다. 아무리 낮은 소리도 알아듣고 표정 하나조차 이해합니다. 사랑은 늘 깨어있게 하여 나날의 삶을 새롭게 하는 평생 해가 없어 중독되어도 되는 특별한 처방의 마약과 같은 것입니다.

여러분의 귀를 쫑긋 기울이게 하는 사람이 있으신가요? 있다면 축복받은 것입니다. 사랑한다는 것은 스스로를 긴장케 하면서도 행복으로 이끕니다. 그러한 경험은 한 순간에 그칠지라도 살아있다는 느낌을 줍니다. 하느님과 가족, 이웃과 자연의 목소리에 귀를 세우고 그들의 뜻을 알아들으며 살았으면 좋겠습니다.

교회에 대한 믿음은
자비와 연민이 가득한 사랑에 달려있습니다

교회에 대한 믿음은 자비와 연민이 가득 찬 사랑에 달려 있다.

— 프란치스코 교황 —

교회를 다니는 사람뿐 아니라 가정에서부터 큰 공동체인 국가에 이르기까지 가슴 깊이 새겨야 할 계명誡命과 같은 것이라 생각합니다. 세상에는 많은 공동체가 있습니다. 교회도 믿음의 공동체 중 하나입니다. 공동체는 뜻이 같은 사람들의 모임이기에 대립과 갈등이 없고 평화와 사랑이 넘쳐야 하는데 현실은 그렇지 못합니다. 공동체 속에서도 많은 사람들이 이해관계 때문에 불신과 미

강동호
Angel Mine (4)
2021, Acrylic on
canvas, 53x45cm

움으로 갈등을 겪고 있습니다.

거의 모든 공동체의 이념은 바람직한 이상을 담고 있습니다. 문제는 그 안에 속한 사람들의 욕심과 이해관계가 조직을 분열시키고 무너뜨린다는 것입니다. 그러기에 공동체가 갖추어야 할 기본 덕목은 자비慈悲와 연민憐憫이 넘치는 사랑입니다. 교언영색하는 그럴듯한 이론과 논리가 아니라 지행합일知行合一이 중요하고 그 실천의 중심에 사랑이 있어야 합니다. 가정도 사랑이 넘치면 서로를 믿고 어려움을 이겨내며 평화와 행복을 누립니다. 큰 공동체들도 서로를 존중하고 사랑하면 믿음으로 하나가 되는 것입니다. 사랑의 이름으로 이루어진 공동체조차 시기, 질투, 증오,

강동호
Angel Mine (5)
2021, Acrylic on
canvas, 53x45cm

뒷담화하는 모습을 볼 때 부끄럽고 가슴이 아팠습니다. 반성하며 사랑을 바로 세워 믿음을 되찾아야 합니다.

여러분이 속한 공동체는 어떻습니까? 사랑이 넘치는가요? 아니면 무늬만 공동체이고 대립과 갈등, 이해관계로 서로를 못 믿고 헐뜯고 있나요? 저도 공동체의 갈등에 끼어들어 험담하고 비난한 적이 있는데 반성합니다. 이제는 제대로 살도록 하겠습니다. 온 세상이 사랑으로 넘쳐나는 행복의 공동체로 한발 한발 나아가도록 힘을 모아 우리 함께 노력해 보실까요?

사랑할 줄 안다는 것은

자신의 열정을 지배할 줄 안다는 것입니다

사랑을 할 줄 아는 사람은 자기 열정을 지배할 줄 아는 사람이다.
반대로 사랑을 할 줄 모르는 사람은 자기의 열정에 지배를 받는 사람이다.
— 호라티우스 —

'열정이 있다. 정열적이다.'는 말은 좋은 듯 하지만 마음의 균형
이 흔들리는 악덕이기도 합니다. 스텐버그는 사랑의 3요소를 친
밀, 관여, 열정으로 나누고 있습니다. 열정을 조절하지 못하면 사
랑은 낭만이라는 탈을 쓴 유희적이고 소유적인 것에 머물 수 있습
니다. 상대가 곁에 없으면 못 견디고 육체적으로 하나가 되고 싶
어집니다. 사랑을 이루는 뜨거운 에너지원이기도 하지만 생리적,

정신적 흥분으로 인해 혈압과 맥박이 오르고 근육이 경직되며 걱정, 불안, 분노가 사실을 비틀어 문제를 일으키기도 합니다. 그러기에 열정을 지배할 줄 알아야 합니다.

열정은 사랑에 불을 지피는 생명력이 있으면서도 자기 유리한 대로 풀어내고 비틀어 균형을 잃는 경향이 있기에 경계하지 않으면 사랑을 소유하고 집착하는 것으로 만들 수 있습니다. 그래서 열정이 필요하지만, 사랑을 꽃피우고 성스럽게 하기 위해서는 열정과 함께 시련을 이겨내는 용기와 용서, 배려와 헌신, 친밀감이 균형을 이뤄야 합니다. 열정이 천방지축天方地軸하지 않도록 지배하는 지혜가 필요합니다.

열정적 사랑으로 몸살을 앓은 기억이 있으십니까? 상대방 때문에 세상이 내 것처럼 펄펄 날기도 하고 사랑의 상처에 스스로 작아져 세상을 등지고 싶을 정도로 아프기도 해보셨나요? 이를 사랑의 광기狂氣라고 합니다. 열정이 있어야 가능한 법이지만 '서두르면 망친다.'는 말이 떠오르네요. 그렇다고 해서 '열정이 필요 없다.'는 뜻은 아닙니다. 열정이 없으면 사랑의 불이 타오르지 않기 때문입니다. 그러나 거친 말을 잘 길들이면 명마가 되듯이 사랑의 열정을 잘 다스리면 진정한 사랑을 얻을 수 있습니다.

강동호 **Angel Mine (7)** 2021, Acrylic on canvas, 40x31cm

사랑은 사랑하는 사람을
행복하게 만드는 것입니다

사랑에는 한 가지 법칙밖에 없다.
그것은 사랑하는 사람을 행복하게 만드는 것이다.
—스탕달—

사랑을 하게 되면 사랑이 다른 모든 것을 이기고 가장 중요하게 작용한다는 사실은 틀림없습니다. 그것을 가늠하는 가장 중요한 잣대는 상대의 기쁨을 가장 먼저 헤아린다는 것입니다. 진실한 사랑은 상대를 죽음의 문턱에서 생명의 낙원으로 되살립니다. 상대의 행복과 기쁨이 전제前提되지 않은 사랑은 가면을 쓴 욕망의 포장일지도 모릅니다.

그런데 주의하고 다시 살펴보아야 할 것은 상대의 행복을 어떻게 보느냐의 문제입니다. 흔히 사랑하는 상대와 갈등을 일으키거나 좋지 않았을 때 자신의 결정을 상대를 위한 것이라고 또는 그렇게 하는 것이 상대를 위한 것인 줄 알았다고 합니다. 이해는 되지만 그러한 변명이나 합리화가 바람직한 것은 아닙니다. 진실한 사랑은 자연스럽고, 스스로 알게 되기에 이유와 핑계, 더 나아가서는 조건이 필요 없습니다. 사랑은 하느님의 거룩한 사랑처럼 결과나 목적을 가진 행위라기보다는 의도나 욕심이 곁들지 않는 순수함 자체가 아닌가 합니다. 그럴 때 상대는 행복을 느끼고 진정한 사랑임을 알게 됩니다. 어떤 이유로도 조건을 전제로 하지 않는 사랑이 상대를 행복과 기쁨으로 넘치게 합니다.

완전한 사랑은 인간이 다다를 수 없는 이상이지만 적어도 진실한 사랑은 상대의 행복을 생각합니다. 진실한 사랑은 자신을 희생하고, 큰 슬픔이 와도 주저 없이 '사뿐히 즈려밟고 가시옵소서'라고 이야기할 수 있습니다. 욕심을 버리고 상대를 있는 그대로 봐 줄 수 있는 순수함이 있다면 자신도 더 행복할 수 있습니다. 오늘도 사랑으로 행복을 누리세요.

4

이별에 이르러

사랑의 깊이를 압니다

조영대 **정물** 2021, Oil on canvas, 66x66cm

조영대

원광대학교 미술대학과 동 대학교 대학원을 졸업하고
남도의 빛과 색의 전통을 살리면서도
끊임없는 실험정신을 작품에 투영해
역동적인 삶의 기운과 강렬하면서도 생동감 있는
자연의 다양한 감정들을 전달하고 있으며,
빛(색)을 최소화한 정물화는 마음이 차분해지는 경험을 전해 준다.

사랑은 이익이 있어서가 아니라

그 자체 속에서 행복을 느낍니다

지혜가 깊은 사람은 자기에게 무슨 이익이 있을까 해서,
또는 이익이 있어서 사랑하는 것이 아니다.
사랑한다는 그 자체 속에 행복을 느끼기에 사랑하는 것이다.

—파스칼—

사랑이 없는 세상보다는 더 나을 수 있다고 생각할 수도 있겠지만 계산이 포함되거나 의도된 사랑은 순수한 사랑이 아닙니다. 늘 주는 사람의 바람이 담겨있기에 욕심이 눈을 흐리게 하여 상대를 있는 대로 보지 못하고 치우치게 보아 분노나 시기와 질투의 씨앗을 기를 수 있습니다.

사랑은 조건 없이 자신을 상대에게 바침으로써 얻을 수 있는 숭

고한 것입니다. 주는 것 자체가 축복이며 사랑의 보상입니다. 상대를 위하고 배려한 노력에 비해 상대가 해준 것이 너무 적다고 계산하는 순간 사랑은 사라지고 맙니다. 섭섭함과 미움과 분노가 마음에 자리를 잡아 더욱 힘들게 합니다. 원래 사랑은 소유할 수 없는 성스러움 자체입니다. 그것을 구체적으로 형상화하고 표현하고 값을 붙이려고 하는 데서 문제가 생깁니다. 사랑할 대상이 있다는 것은 축복입니다. 그런데 그 대상이 사람이라면 그 사람은 소유할 수 없다는 것입니다. 우리가 소유하고 있고 소유할 수 있다고 착각하는 것뿐입니다. 아니 억지를 쓰는 것이겠지요.

어떠신가요? 사랑을 통해 이익을 바라는 것이 아니라 사랑 자체가 행복을 준다는 것을 알고 실천하시는지요? 저는 착각과 어리석음에 부끄러움을 느낍니다. 진정 필요한 것은 때 묻지 않은 사랑입니다. 사랑으로 행복의 문을 활짝 여시게요.

조영대 **어머니의 보자기** 2021, Oil on canvas, 125x125cm

사랑받지 못하는 것보다

사랑할 수 없는 것이 더 슬픕니다

사랑받지 못하는 것은 슬프다.
그러나 사랑할 수 없는 것은 훨씬 더 슬프다.
―M. D. 라이크―

　사랑받고 싶은 것은 본능입니다. 태어나서 부모로부터 사랑을 받는 것을 시작으로 사랑이라는 것이 무엇인가를 가슴에 새깁니다. 사랑받는 것이 자신을 더 소중하게 여기는 계기가 되고 더 의미 있는 존재로 느끼게 합니다. 그러나 더 중요한 것은 사랑을 다른 사람에게 돌려주는 것입니다. 사랑을 받아봐야 어떤 것인지를 알고 베풀 수 있기 때문입니다.

조영대 **꽃-생강나무** 2020, Oil on canvas, 103x103cm

　사랑을 못 받은 사람에게는 사랑받는 일이 소중하겠지만, 사랑을 받아본 사람은 사랑을 주는 것이 얼마나 소중하고 기쁜 일인가를 압니다. 그래서 사랑을 줄 수 있는 대상이 없다는 것은 슬프고 괴로운 일입니다. 아낌없이 주는 사랑은 받을 것을 바라는 것이 아니라 줌으로써 평화와 기쁨이 넘치는 것입니다. 목숨까지 기꺼이 내놓으신 예수님의 거룩한 사랑은 사랑의 의미를 되새기게 합니다. 받으려는 사랑은 아무리 넘쳐도 목마르며, 주는 사랑은 주면 줄수록 기쁨이 샘솟습니다. 그러기에 사랑할 사람이 없다는 것은 슬픈 일일 뿐만 아니라 삶을 재미없고 거칠게 합니다.

어떠신가요? 사랑을 주면서 행복을 느끼셨나요? 저도 가끔 사랑받고 싶은 욕구도 생기는데 이때는 종종 질투와 시기, 분노가 따르기도 했습니다. 그러나 줄 때는 기쁨에 넘쳤고, 이제는 받는 걱정보다 사랑할 사람이 없음을 더 슬퍼해야 한다는 사실을 알게 되었습니다. 사회 전체로 보아 '받는 사랑'보다 '주는 사랑'이 클 때 행복이 넘치는 세상이 되리라 믿습니다. 저부터 먼저 '주는 사랑'을 키우도록 노력하겠습니다.

사랑은 헌신에 의해

자랍니다

헌신이야말로 사랑의 연습이다.
헌신에 의해 사랑은 자란다.
— 로버트 루이스 스티븐슨 —

「보물섬」과 「지킬박사와 하이드」의 저자 스티븐슨은 처음 만났을 때 별거하는 유부녀였던 11살이나 많은 아내가 이혼하자 결혼하고 평생 사랑하며 생을 마쳤습니다. 또한 당시 백인들에게 무시당하던 사모아인들을 사랑하고 존중했던 사람이기에 헌신이 사랑의 연습이라고 말할 자격이 충분합니다. 헌신적 사랑은 부모가 자식에게나 줄 수 있는 사랑입니다. 물론 연인의 사랑에서도 낭만

조영대 **정물** 2018, Oil on canvas, 38x46cm

과 열정 못지않게 중요한 덕목이지요. 몸과 마음을 바치는 헌신은 사랑을 키우는 덕목德目임이 분명합니다.

스스로에게 묻습니다. 이제까지 헌신을 앞세운 고결한 사랑이 있었는지? 사랑의 이름으로 헌신을 하기보다는 상대에게 희생과 헌신을 은근히 강요한 적이 많았던 것 같습니다. 욕심이 담긴 수준 낮은 사랑을 한 것입니다. 사랑이 아니라 사랑의 탈을 쓴 욕정과 욕구를 충족시키는 파렴치한이나 다름없습니다. 나이가 들어 관용과 배려와 헌신이 점점 커가는 것을 보니 속이 들어가나 봅니다. 사랑은 줌으로써 행복과 기쁨을 얻는다는 것도 알았습니다. 받는 즐거움도 크지만 헌신을 통해 사랑의 크기가 더 커진다는 것을 깨닫게 되었습니다. 스티븐슨의 사랑의 열망과 헌신에 고개가 숙여집니다. 제 안의 '하이드'를 없애는 일부터 해야겠습니다.

어떠신지요? 봉사하고 헌신하면서 사랑을 키워가시나요? 아니면 사랑이라는 미명하에 욕망에 목말라하며 채우는데 애쓰시나요. 배려와 헌신으로 사랑을 키우는 길, 함께 가실까요?

이별에 이르러

사랑의 깊이를 압니다

이별이 될 시간이 될 때까지는 사랑의 깊이를 모른다.

―칼릴 지브란―

'회자정리'라는 말처럼 우리는 수많은 사람과 만나고 헤어집니다. 그런데 어떤 이별은 속이 후련하지만 다른 이별은 후회와 여운과 아픔 그리고 진한 감동으로 평생 남기도 합니다. 소중한 것도 '지금'은 잘 모르고 지나치지만 자신에서 멀어지거나 없어지면 비로소 그것이 얼마나 소중한 것이었는가를 깨닫게 됩니다. 마음에만 두고 실천을 못 하지만 내일 이별이 온다는 마음으로 '지금 여기의 모든 존재를 마음껏 사랑하리라'고 스스로에게 속삭여 봅니다.

아버지가 세상을 떠났을 때도 더 잘 해드렸어야 했는데 하는 마음에 슬펐을 뿐만 아니라 빈자리가 너무도 크다는 것을 느꼈습니다. 큰 빈자리만큼이 저에게 주셨던 사랑이었음을 이제야 알게 되었습니다. 일가친척과 멀어질 때, 좋아하는 친구와 헤어졌을 때, 동료를 보냈을 때, 존경하는 분과 이별했을 때 그분들과 나눈 사랑의 크기만큼 빈자리도 큰 것을 느낍니다. 함께하는 시간에 최선을 다해 존중하고 배려하며 진실하게 대하는 것이 후회를 남기지 않는 것임을 다시 되새겨 봅니다.

사랑하는 사람들과 관계를 잘 맺고 계시지요? 관계를 잘 맺고 있다는 것은 따뜻한 눈길과 아름다운 말로 시작하여 좋은 것은 나누고 슬픔과 고통은 기꺼이 함께하는 마음을 가지는 것입니다. 이별 뒤에 후회하지 않도록 사랑하는 사람들과 고귀한 사랑 주고받는 하루 되세요.

조영대 **함박꽃 (작약)** 2021, Oil on canvas, 145x145cm

예수님은 사랑이 넘치는 여정을
가르쳐주기 위해 오셨습니다

예수님은 어떤 철학이나 사상이 아니라 하나의 길, 다시 말해
우리가 당신과 함께 걸어갈 여정을 가르쳐주기 위해 오셨습니다.
── 프란치스코 교황 ──

읽으면서 신앙생활의 핵심을 깨달았습니다. 예수님은 우리 모두와 사랑이 넘치는 아름다운 여정을 함께 하러 오신 것입니다. 사랑에 대한 사상과 이론을 가르치시기 위해 오신 것이 아닙니다. 사랑의 내용도 중요하지만 더 중요한 것은 사랑을 실천하는 것입니다. 공자님도 '행동하고 남은 힘이 있거든 학문을 하라'고 했는데 같은 뜻입니다. 성서를 달달 외우고 성서의 이론을 잘 알고 이

해하는 것보다 말씀을 실천하는 것이 더 소중합니다. 말로 어떤 일을 하는 것은 쉬우나 진정으로 실천하는 것은 어렵습니다. 교황이 보여준 삶의 여정은 충분히 감동을 주고 따라야겠다는 다짐을 하게 합니다.

문득 저의 삶도 살펴보았습니다. 저에게 따뜻한 사랑과 격려와 지지를 보내준 분들이 많았습니다. 그분들 때문에 가끔 저에게 쏟아지는 비난과 좋지 않은 이야기도 이겨나갈 수 있었습니다. 맑은 사람은 남을 욕하기보다 좋은 점을 찾아서 상대에게 전합니다. 이것이 세상을 맑게 하는 에너지의 바탕인 사랑입니다. 저도 같이 살아가는 주변 사람들에게 좋은 에너지를 전하고 사랑을 실천하리라 다짐해 봅니다.

어떠신가요? 사랑을 주고받고 약자를 더 배려하는 여정을 하신가요? 아니면 다른 사람이 잘되는 것을 시기하며 나보다 못한 사람 업신여기고 무시하시나요? 사랑을 실천하며 행복의 동반자로서 밝은 에너지를 충전하는 일에 함께 하실까요?

세상에서 가장 멋진 선물은 나를 있는 그대로

사랑해 주는 사람을 만나는 것입니다

나를 있는 그대로 사랑해주는 사람을 만나는 것이야말로

인간이 세상을 살아가면서 받을 수 있는 가장 멋진 선물이다.

— 패디 S 웰스 —

먼저 제 모습을 돌아보았습니다. 제가 지금과 달라져도, 즉 더 가난하고 어려워져도 있는 그대로 사랑해 줄 수 있는 존재가 있는지 생각해 봤습니다. 반대로 '아는 사람이 처음과 달리 좋지 않은 입장에 놓여도 변함없이 내가 그들을 사랑할 수 있을까?' 생각도 해봤습니다. 사람은 서로 도우며 살아가기에 이해와 밀접할 수밖에 없으나 그것을 넘어서 자신을 있는 그대로 사랑해주는 존재가

조영대 **꽃-생강나무** 2020, Oil on canvas, 103x103cm

있다는 사실은 삶에 의욕을 주고 행복하게 합니다.

　사람을 존재 자체로 보는 것은 중요합니다. 사람은 가진 것으로 평가할 존재가 아닙니다. 큰 다이아몬드가 자신을 대신할 수 없는 것처럼 지위와 경제력이 매력적임에도 불구하고 그 자신은 아닌 것입니다. 사람을 대할 때 그렇게 하고 있다면 상대를 수단화하고 이용하고 있는 것입니다. 인간은 그자체로 대우받아야지 수단이 되어서는 안 됩니다. 자신이 갖고자 하는 것을 상대가 갖고 있으면 시기와 질투와 부러움의 대상이 되기도 합니다. 그러나 자신의 장점을 잘 개발하는 것이 더 중요합니다. 저도 한때는 상대가 가진 것을 부러워했지만, 이제는 제 강점을 다른 사람과 나누는 것이 더 가치 있고 의미 있는 것임을 압니다. 상대에게 바라는 것이 없는 관계야말로 상대를 있는 그대로 사랑하는 것이고, 상대도 마찬가지 입장일 때 하나가 되는 사랑이 가능합니다. 살아가면서 받을 수 있는 귀한 선물은 상호 간의 순수한 관계성으로 더 커집니다.

여러분을 순수하게 사랑해주는 사람은 있는지요? 부모, 형제, 친지, 부부가 떠오르겠지만 그 밖의 다른 사람을 살펴보는 것은 자신을 돌아보는 계기가 됩니다. 사실 자신을 사랑하는 존재가 있느냐 없느냐보다 자신의 삶의 태도를 점검하는 일이 더 중요합니다. 상대에 대한 조건이나 필요에 의해서가 아니라 상대를 있는 그대로의 모습으로 사랑할 수 있는지가 중요합니다. 삶의 태도가 다른 사람에게 전해지기 때문입니다. 선물은 서로 누릴 수 있을 때 더 아름다운 법이니까요.

서로를 용서하는 모습이
가장 아름다운 사랑입니다

서로를 용서하는 모습이야말로 가장 아름다운 사랑의 모습이다.
— 존 셰필드 —

'사랑으로 행해진 일은 선악을 넘어선다.'라고 말한 버킹엄궁전의 최초(1703) 주인이었던 셰필드공작의 말은 되새길 가치가 충분합니다. 상대가 손해를 끼치고, 자존심을 상하게 하고, 명예를 실추시켰을 때, 오만할 때 그것을 덮어주고 용서해준다는 것은 어려운 일입니다. 그러나 그것을 가능케 하는 것이 사랑입니다. 그럴듯하게 꾸민 감정보다 마음에서 우러난 사랑이 용서할 수 있는 힘을 줍니다.

　개인적인 경험을 보더라도 용서하는 일은 너무 힘들고, 기회만 있으면 어떻게든 보복을 하리라고 늘 복수를 마음에 두게 됩니다. 그러나 그럴수록 상대가 내 마음의 한구석을 괴롭히고 힘들게 했습니다. 마음은 더욱 피폐해지고 행복하지 않았습니다. 곰곰이 생각해보니 제 욕구가 크게 작용했습니다. 나를 중심으로 선악이나 가치를 판단한 것이었습니다. 상대의 입장에서 보면 충분히 그럴 수 있겠다는 생각을 한 뒤로는 편해졌습니다. 용서는 상대를 위한다기보다는 제 자신을 위하는 것이었습니다. 용서는 내 영혼을 맑고 향기롭게 하고 행복하게 사는 열쇠를 주었습니다.

　어떠신가요? 용서하지 못할 일과 이유를 갖고 계신가요? 그럴 때는 어떻게 하시나요? 예전의 저처럼 '두고 보자, 언제든 복수하겠다.'고 결심 또 결심하시나요? 쉽지는 않지만 사랑으로 용서하는 힘을 가지면 행복해집니다. 자신의 욕구도 들여다보며, 불행한 삶을 살지 말고 자율적으로 사시길 바랍니다. 선택은 여러분의 몫이니까요?

사랑은 삶의 모든 무게와 고통에서
우리를 해방합니다

낱말 하나가 삶의 모든 무게와 고통에서 우리를 해방시킨다.

그 말은 사랑이다.

―소포클레스―

너무 행복했습니다. 말 그대로 삶의 무게와 고통에서 벗어나게
하는 자유로운 흐뭇한 미소를 주는 한마디가 있기 때문입니다. 성
경에 '천사의 말을 하고 심오한 진리를 깨달은 사람도 사랑 없으
면 아무것도 아닙니다.'는 말이 있습니다. 인간에게 가장 소중한
말이 사랑이라는 뜻이고, 모든 행위도 사랑이 없으면 헛되고 텅
빈 일이라는 것입니다. 제 경험으로도 사랑이 들어있지 않은 말과

조영대 **정물** 2021, Oil on canvas, 38x46cm

행동은 다른 이익을 위한 이면적裏面的이고 위선적인 것이라 단호히 말할 수 있습니다. 희망과 행복에도 사랑이 없으면 그것은 껍데기에 불과합니다.

저도 많이 익숙하지는 않지만 가장 듣고 싶은 말 중 하나가 '사랑한다.'는 말입니다. 사랑은 육체적인 것에서부터 영성의 차원까지 다 포함하는 기쁨을 주는 생명의 말씀임이 분명합니다. 삶의 진실성과 일치성을 가져다주는 근본어이기 때문입니다. 사랑의 은총을 깨닫게 해준 하느님과 사랑을 알게 해준 모든 존재들께 다시 감사를 드립니다. 세상이 기쁘고 아름답고 행복한 것은 사랑이 있기 때문임을 다시 느낍니다.

어떠십니까? 사랑이란 말을 들으면 세상을 다 가진 듯 행복하십니까? 이 세상에 태어난 것이 축복이라고 느끼십니까? 저는 그렇습니다. 사랑이 있으면 삶의 무게와 고통도 너끈히 이겨낼 수 있고 기쁨이 넘칩니다. 세상에서 가장 순수하고 아름다운 말을 여러분께 선물합니다. 여러분 사랑합니다! 오늘 하루도 사랑에 대해 묵상默想하며 행복에 넘치시면 좋겠습니다.

사랑한다는 것은

관심, 존중, 책임감, 이해 그리고 주는 것입니다

사랑한다는 것은 관심을 갖는 것이며 존중하는 것이다.
사랑한다는 것은 책임감을 느끼는 것이며, 이해하는 것이고,
사랑한다는 것은 주는 것이다.
—에리히 프롬—

　사랑은 역시 너무 큰 의미를 내포하고 있기에 위대하고 정의하기 어려운 여러 속성屬性의 깊이와 넓이를 갖는 것 같습니다. 대학시절 에리히 프롬을 모르고 '사랑의 기술(The Art of Love)'이라는 책의 제목만 보고 야릇한 세속적 욕망에 빠져 책장을 넘기고는 의도와는 달라 실망한(?) 추억이 새삼 떠오릅니다. 젊은 시절의 사랑은 저에게 욕망의 전차인 뜨거운 열정이었다면, 신앙의 세계에

조영대 **어머니의 보자기** 2021, Oil on canvas, 125x125cm

들어서면서는 세상의 그 무엇보다도 거룩하고 숭고한 가치와 의미를 가진 생명의 말로 바뀌었습니다.

사랑은 이렇듯 세속적인 것에서부터 거룩하고 성스러운 영혼까지 아우르는 것입니다. 그러기에 사랑을 위해 목숨을 내놓는 용기도 일어나고, 책임을 느끼며 관심을 가질 뿐만 아니라 사랑하는 이의 모든 것을 존중하는 마음이 자연스럽게 생기는 것입니다. 그러기에 사랑은 생명을 살리고 삶을 생동감 넘치게 하는 마법魔法과 같은 것입니다. 만약 사랑 때문에 상대를 죽이고 자신의 목숨을 가볍게 여긴다면 그것은 소유욕에 사로잡힌 욕정과 욕구일 뿐입니다. 사랑은 상대를 인정하고 받아들이기에 자연스럽게 이해할 수 있으며, 조건 없이 책임감을 느끼고, 정성을 다하며, 아낌없이 바칠 수 있어야 합니다. 줌으로써 뭔가를 얻으려 하는 사랑은 엄밀한 의미의 계약입니다. 결혼은 순수와 계약이 겹친 것이어서 갈등이 생기게 됩니다.

여러분의 입장은 어떠신가요? 정답은 없지만, 사랑을 말하면 뭔가 후련하고 자유스럽고 행복하고 기쁨이 넘치나요? 아니면 뭔가 가슴이 답답하고 걸리는 아픔이 있나요? 나름대로 다 의미와 가치는 있겠지만 진정한 사랑은 행복의 씨앗이지 불행과 슬픔의 씨앗이 아니라는 겁니다. 슬픔과 아픔이 있다면 욕정과 소유가 사랑을 지배하기 때문이며 진정한 사랑은 아니라고 생각합니다.

사랑은 나약하고 초라한 인간을 심판하는 것이 아니라

더 사랑하는 것입니다

인간을 사랑할 것,
아무리 나약한 인간이나 초라한 인간이라도 사랑할 것,
그리고 그들을 심판하지 말 것.
— 생텍쥐페리 —

예수님은 상식적으로 이해할 수 없는 동정녀에게 나셨습니다. 남편 요셉은 그것을 순순히 받아들었습니다. 태어난 장소는 지저분한 마구간이었습니다. 그리스도 왕의 탄생이 당시에 알 수 없는 아버지로부터 생겨났고 귀족의 궁전이 아닌 가장 천賤하고 가난한 곳에서 태어난 상징적 의미를 성찰해 볼 필요가 있습니다.

사람은 초가에 있으나 궁전에 있으나 모두 평등하다는 것이며

조영대 **황금회화나무** 2021, Oil on canvas, 116x91cm

계급이나 빈부로 차별해서는 안 된다는 것입니다. 예수님의 사랑이 이럴진대 인간끼리의 사랑도 그가 나약하든 초라하든, 도움이 되던 되지 않던 간에 하느님의 자녀로서 존중하고 사랑받고 사랑해야 합니다. 그러나 우리는 권력과 자본의 힘으로 상대를 지배하고 통제하려 합니다. 또한 부모라는 이유로 자신의 아이들을 함부로 대하고 자기 마음대로 조정하려 하고 심지어 처벌까지 하는 어리석음을 범하고 있습니다. 예수님은 가장 가난하고 버림받고 소외당한 이들을 사랑으로 구원하러 왔습니다. 마찬가지로 우리도 우리보다 나약하고 초라한 인간이라도 함부로 대하지 말고 그들의 가난과 초라함이 그들 자신의 게으름이나 잘못이라고 함부로 심판해서는 안됩니다. 오히려 그들을 더 사랑해야 합니다. 부끄러운 고백이지만 저도 권력과 부를 부러워하고 그들처럼 되려고 아첨하고 그들에 얽매인 노예적 삶을 살았던 때가 있었습니다. 더구나 보잘 것 없는 힘으로 저보다 힘없는 사람을 핍박하고 나무라고 심판한 적이 있었음을 반성합니다. 이제 와 새삼 용서를 빌기가 부끄럽지만 이제 편견 없는 사랑으로 살려고 합니다.

세상을 편견과 오만 없이 바라보고 사랑하십니까? 아니면 독선적인 가치 기준과 평가로 사람을 차별하고 심판하시나요? 부끄럽게도 저는 그런 적이 있었습니다. 이제 훌훌 털고 욕망에 지배되거나 치우치지 않는 사랑으로 아름답게 살렵니다. 사랑은 조건을 달거나 차별하지 않는 순수한, 상대에 대한 존중임을 깨달았으니까요.

5

나는 어리석지만

나 자신을 사랑할 줄 압니다

진허 **꽃같은 인생 시리즈** 2021, Acrylic on canvas, 53.0x45.5cm

진허

조선대학교 미술대학을 졸업하고
개인전 10회와 단체전 28회에 참여하며
여성으로서의 삶을 때론 바람에 흔들리며 새벽이슬도 젖어가며
힘차게 피어나는 꽃과 같이 비유하여
관객과의 그림으로 소통하려는 작품 활동을 하고 있다.

선물보다도
선물에 담긴 사랑이 중요합니다

현명한 사람은 사랑하는 사람이 준 선물보다도
선물을 준 사람의 사랑을 귀중하게 생각한다.
— 토마스 켐피스 —

흔히 '먹기 위해 사느냐, 살기 위해서 먹느냐?'라고 물으면 똑같은 것 아니냐고 답하는 경우가 있습니다. 그러나 목적과 수단은 분명히 다릅니다. 사랑하는 사람의 선물과 선물을 준 사람의 사랑도 마찬가지입니다. 선물보다 선물에 담긴 사랑이 중요합니다. 누군가를 위해 선물을 살 때 그 속에 담긴 마음이 더 중요하다는 생각을 했습니다. 선물의 값을 떠나 그 속에 담겨있는 정성과 사랑이 더 소중한 것이지요.

선물하면 생각나는 작품이 있습니다. 오 헨리의 '크리스마스 선물'입니다. 남편과 아내가 상대를 배려하는 마음으로 자신의 가장 소중한 것을 팔아 서로에게 선물을 했습니다. 결국 받은 선물은 쓸모없게 되었으나 깊은 사랑을 확인합니다. 명절이나 기념일에 선물을 살 때 우리 태도를 돌아보게 합니다. 사랑을 담는지 아니면 형식과 의례를 담는지? 사랑이 담기지 않는 선물은 불순합니다. 불순한 마음이 들면 선물을 하지 말아야겠지요. 상대방을 존경하지 않고 자신의 사랑이 담기지 않는 선물은 안하는 진실한 용기가 필요합니다. 그것은 선물이 아닙니다. 선물이 상대방을 현혹할 수 있으나 자신의 마음을 좀먹는다는 것을 생각하십시오.

어떠신지요? 선물을 할 때 상대를 사랑해서 하시는지요? 아니면 할 수밖에 없는 처지여서 마지못해 하시는지요? 선물할 때 기쁨이나 사랑스러운 마음이 들지 않으면 하지 않는 것이 좋습니다. 선물에 담긴 사랑의 마음이 더 귀하니까요.

진허 **꽃같은 인생 시리즈** 2020, Acrylic on canvas, 53.0x45.5cm

작은 선한 행동이 모여

위대한 사랑이 됩니다

위대한 행동이라는 것은 없다.
위대한 사랑으로 행한 작은 행동들이 있을 뿐이다.
─마더 테레사─

테레사 수녀는 사랑의 전령(傳令)이기에 마더 테레사라고 불립니다. 보통 사람들은 거창한 일에 관심이 높지만, 낮은 데서 힘든 사람과 함께하며 참다운 사랑을 했던 마더 테레사에게는 꾸준한 작은 선한 실천이 소중했음에 틀림없습니다. 얼마 전에 어떤 분에게서 '큰 돈을 낼 테니 자신의 이름이 들어간 건물을 지어주라는 사회 인사의 요청에 단호히 거절했다'는 이야기를 듣고 잘했다고

진허 **능소화야** 2017, Acrylic on canvas, 130.3x162.2cm

했습니다. 자신을 드러내지 않고 힘든 사람의 요청에 응하는 것이
진정으로 사랑을 실천하는 모습입니다. 오른손이 하는 일을 왼손
이 모르게 하라는 성경의 말씀이 떠오릅니다.

　위대한 사랑으로 행한 작은 행동은 무엇일까요? 상대의 입장
을 헤아려 주는 배려가 아닐까요? 방법은 여러 가지입니다. 말
을 들어주는 것, 자리를 양보하는 것, 짐을 대신 들어주는 것, 밥
한 끼 주는 것, 같이 울어주는 것, 말을 믿어주는 것, 힘내라고 이
모티콘 보내는 것, 따뜻한 미소 지어주는 것, 격려와 지지를 하는
것, 고마움을 표현하는 것 등은 하찮은 것인지 모르지만, 상대에
게는 다시 삶에 의미를 찾게 하는 중요한 일일 수 있습니다. '사소

한 것에 목숨 건다'는 말이 있듯이 사소한 관심과 배려가 사랑의 힘을 키워 세상을 아름답게 바꾼다고 저는 믿습니다. 오늘부터라도 부모, 형제, 친지와 동료에게 넉넉한 마음을 갖고 따뜻한 말 한마디라도 하려 합니다.

어떠십니까? 다른 사람의 어떤 행동에서 사랑을 느끼고 세상은 살만한 곳이라 여기시나요? 상대에 대해서는 어떤 태도로 대하시나요? 혹 거창한 것을 앞세워 작은 배려를 무시한 적은 없으시나요? 아니면 더 큰 것을 준다고 상대방이 요청하는 작은 부탁을 무시한 적은 없으신가요? 사소함에 감사하는 감성을 가지셨나요? 사랑의 바이러스는 감염되면 행복하고, 그것을 다른 사람에게 전하게 하는 마법魔法을 가지고 있습니다. 그 주인공이 되어 사랑을 전하는 세상의 빛이 되어보시면 어떨까요? 하찮게 보이는 착한 실천이 큰 사랑이 되어 아름다운 세상의 바탕이 되니까요.

사랑은
홀로 설 수 없습니다

사랑은 홀로 설 수 없다.
스스로 사랑을 채우고 이를 베푸는 것,
그때 사람이 사람답고 세상은 아름답다.
— 발타자르 그라시안 —

사람들에게 자신을 먼저 사랑하고 자신을 사랑하는 만큼 다른 사람도 사랑하라는 말을 자주 합니다. 혼자 살아갈 수는 없습니다. 관계를 맺고 살아가야 한다면 따뜻한 마음을 주고받으며 행복하게 살아야 하는데 실상은 그렇지 않습니다. 같은 공동체, 같은 종교 안에서도 명분과 견해와 입장과 판단을 앞세우며 분노하고 비난합니다. 사랑을 계명으로 삼는 집단마저 질투와 시기가 널리 퍼져 있습니다. 그런 마음으로 기도하면 하느님이 은총을 주실지 혼란스럽습니다. 정의라는 이름 아래 전쟁과 폭력을 행사해 평화를 해치기도 합니다. 말을 잃습니다. 누구를 위한 정의인지 안타깝습니다. 승자와 다수의 정의가 진정한 정의인가는 많은 생각이 필요합니다.

서로 행복하기 위해서는 삶을 바라보는 태도가 필요하다고 생각합니다. 자타 긍정의 세계입니다. 나도 괜찮고 당신도 괜찮다는 태도가 세상을 사랑과 정의로 넘쳐 평화롭게 합니다. '대접받으려거든 그렇게 대접해주라'는 말이 있는데 그보다 먼저 자신을 사랑하고 존중해야 합니다. 사랑과 존중의 건강한 에너지로 자신을 채운 다음 그 에너지를 상대방에게 베풀 때 비로소 건강한 공동체가 되는 것입니다.

자신을 정말 소중하고 세상에 필요한 존재로 느끼시는지요? 뿐만 아니라 자신과 관계하는 모든 분들을 자신 만큼 존중하시는지요? 각자의 긍정적인 삶의 태도가 행복한 공동체를 만듭니다. 저는 자신도 소중히 사랑하지만, 못지않게 여러분을 존경하고 사랑합니다. 행복의 길, 서로 사랑을 충전해줌으로써 가능하지 않을까요?

진허 **꽃같은 인생 시리즈** 2021, Acrylic on canvas, 53.0x45.5cm

사랑은 빵처럼

새로 다시 만들어야 합니다

사랑은 바위처럼 가만히 있는 것이 아니다.
사랑은 빵처럼 새로 다시 만들어야 한다.
— 어슐러 K. 르 귄 —

「어둠의 왼손」, 「날개 달린 고양이」 등 여러 SF작품으로 알려진 미국 여성작가인 르 귄의 음미할 만한 뜻 깊은 말입니다. 사랑을 소유로 여기는 사람은 사랑을 수단으로 생각하기에 일단 얻고 나면 더 이상의 생명적 의미를 부여하지 않습니다. 소유한 채 가만히 있는 것으로 자신의 사랑은 변한 게 없다고 합리화합니다. 사랑은 역동적입니다. 그러기에 고정된 사랑의 표현은 있을 수 없습니다. 본질은 하나지만 표현양식은 여러 가지 입니다. 그러기에 사랑하는 사람에게 여러 표현을 해야 합니다.

저도 한 때는 사랑은 변하지 않는 정체성과 영원성을 가져야 한다고 생각했습니다. 변하는 것은 사랑이 아니라고 믿었습니다. 지금도 그 입장에는 변함이 없지만, 표현의 다양성 때문에 현상의 변화는 인정해야 한다고 봅니다. 사랑이 때로는 물질로, 때로는 마음의 형태로 나타날 수 있으며, 물질과 마음의 형태도 얼마든지 변화무쌍할 수 있습니다. 이원론적으로 나누기보다는 그 안에 담긴 사랑을 느끼며 점검하는 일이 중요합니다. 먹을 것이 부족한 사람에게는 밥이 사랑이고, 마음이 아픈 사람에게는 공감하고 더불어 슬퍼하는 것이 사랑입니다. 그러기에 사랑은 상황과 대상이 바뀌면 새롭게 표현하는 것입니다. 사랑은 빵처럼 늘 다시 만들어야 한다는 의미를 되새겨 봅니다.

여러분은 어떨 때 상대방이 나를 사랑한다고 느끼시나요? 다른 사람을 사랑한다고 느낄 때는 언제인가요? 다 다르겠지만 저는 나누고 공유했으면 좋겠다는 생각이 들 때입니다. 상대를 존중하고, 이야기를 잘 듣고, 자신을 희생하더라도 상대의 꿈이 이루어지고 행복하면 좋겠다는 마음이 드는 것은 분명 사랑의 씨앗입니다. 자신의 방식을 강요하는 것은 결코 사랑이 아닙니다. 그것은 하느님이든, 부모든, 자식이든, 연인이든, 부부든, 친구든 다 같습니다. 오늘 사랑의 경험을 돌아보고 '사랑은 무엇일까?' 생각하는 기분 좋은 하루 만들어 가실까요?

행복한 사람은

자신만큼 남도 사랑합니다

내면의 적은 원칙적으로 사랑의 적이다.
그것은 우리가 스스로를 사랑할 수 없을 뿐만 아니라
타인도 사랑할 수 없다는 것을 확실하게 만드는 데 힘을 기울인다.
우리가 자신과 타인을 사랑할 수 없다면 아무도 나를 사랑할 수 없다.
— 클라우드 스타이너 —

지금 스스로에게 물어보세요. 자신을, 그리고 다른 사람을 얼마나 사랑하는가? 행복한 사람은 자신만큼 남도 사랑합니다. 불행한 사람은 자신을 사랑하지 않은 만큼 남도 사랑하지 않습니다. 세상은 황무지 같은 곳입니다. 우리는 인정받고 사랑받기 위해 태어났는데 인간의 옹졸함과 어리석은 욕심이 세상을 지옥으로 만들었습니다. 책임은 모두에게 있습니다.

진혀 **꽃같은 인생 시리즈** 2020, Mixed materials, 지름 15cm

인간의 내면에 따뜻하고 사랑스러운 에너지가 있는가 하면 비판하며 증오하는 에너지가 있습니다. 어떤 에너지를 많이 쓰느냐에 따라 행복이 결정됩니다. 내면을 따뜻하게 보살피는 일은 부모에 의해 큰 영향을 받습니다. 지극한 정성과 사랑이 아이를 상처 없이 행복하게 합니다. 자신도 모르게 형성되는 귀한 것입니다. 그러기에 부모의 역할은 평생을 긍정적이고 아름답게 만드는 바탕이 됩니다. 사랑을 듬뿍 받은 행복한 아이가 커서 좋은 부모가 됩니다. 넘치는 사랑이 나와 남을 아우르는 행복한 세상을 만듭니다. 나만큼 상대도 소중한 세상이 아름다운 대동大同의 세계인 것입니다. 이제까지 상처받은 내면을 가지고 있다고 하더라도 삶을 되돌아보고 새로이 할 수 있습니다. 힘 있는 용기로 내면의 부모를 감싸 불쌍히 여기고 용서와 사랑으로 보듬어 주면 가능합니다. 문제 해결의 주체는 자신입니다. 본인이 용서하고 사랑할 수 있는 것이지, 상대가 그렇게 만드는 것이 아닙니다.

어떠신가요? 내면의 부모와 아이가 자애롭고 사랑스럽고 행복한가요? 외롭고 슬프고 분노하나요? 내면을 돌아보며 행복한 사랑을 키우세요. 아프면 달래고 위로하며 '그만하면 괜찮다'고 자신을 격려하고 남도 인정하는 삶을 주체적으로 만들어 가 보실까요? 지금 여기에서의 아름다운 결정이 필요합니다. 이 순간이 소중하니까요. 힘내서 나를 사랑하고 상대방을 사랑하는 행복한 공동체를 같이 만들어 가 보시지요!

부족한 것을 고칠 수 있는 유일한 것이

진정한 사랑입니다

누구나 부족한 것은 있지. 필요한 것은 사랑,
부족한 것을 고칠 수 있는 유일한 것은 진정한 사랑이다.

— 겨울왕국(FROZEN) —

이 대사를 보면서 왜 수 많은 사람이 겨울왕국을 보았는지 알았습니다. 이제는 10살이 된 4살배기 손자 기쁨이도 이 영화를 보며 사랑이 무엇인지 알게 하고 알게 되는 참 따뜻한 영화라는 생각이 들었습니다. 기쁨이가 오히려 제에게 순수한 사랑을 배우게 했습니다. 엘사와 안나의 속 깊은 순수한 사랑이 둘을 진정으로 기쁘고 행복하게 다시 만나게 하고 아렌텔성의 봄을 가져옵니다. 사랑

진허 **달맞이꽃아** 2018, Acrylic on canvas, 116.8x80.3cm

의 힘은 위대합니다. 다른 한편 한스의 안나를 향한 그럴듯해 보이는 거짓 사랑은 사람을 기만하고 속이는 수단입니다. 사랑은 가장 필요한 생명의 씨앗이기에 진실을 알기까지는 속을 수 있습니다. 그토록 간절히 바라는 것이 사랑받는 것이고, 사랑은 기쁘게 존재하게 하는 거룩한 힘입니다. 사랑은 진실한 마음으로 한다는 것을 다시 깨닫습니다. 사랑은 얼어붙은 마음을 녹입니다.

겨울왕국은 얼어붙은 심장을 상징象徵합니다. 얼어붙은 심장을 녹이는 것은 무엇인가요? 바로 사랑입니다. 이 세상의 겨울은 무엇일까요? 증오, 질투, 시기, 욕심, 폭력, 거짓과 기만 등일 것입니다. 봄은 무엇일까요? 사랑, 배려, 온유, 인내, 기쁨, 희망과 거룩한 희생일 것입니다. 따뜻한 마음이 따뜻한 세상을 만드는 주춧돌이 됩니다. 사랑이 넘치는 세상을 꿈꾸는 한 따뜻한 봄, 나아가 열정이 넘치는 여름과 풍성한 가을도 선물로 주어집니다.

어떠신가요? 처음의 얼음공주 엘사처럼 마음이 얼어붙은 겨울 같나요? 아니면 자신의 몸이 녹더라도 안나를 따뜻하게 하려는 눈사람 올라프처럼 봄 같은 존재인가요? 사랑은 받을 때도 즐겁지만 주었을 때 더 행복하고 기쁜 것 같습니다. 사랑을 줌으로써 얼어붙은 마음을 녹이는 것이 행복으로 가는 지름길입니다. 저도 사랑받고 싶은 기대와 바람이 없을 때 더 행복하고 자유롭더라고요. 주는 사랑의 기쁨으로 아름다운 축복의 봄 동산을 만들어 보실까요?

나는 어리석지만

나 자신을 사랑할 줄 압니다

나는 어리석지만 나 자신을 사랑할 줄 안다.

―한유―

윗글을 읽고 제가 제 자신을 얼마나 사랑하는지 생각하게 되었습니다. 뿐만 아니라 제가 가치 있고 의미 있는 존재인가도 다시 물었습니다. 여건이 좋고 평화스럽고 만족스러우면 기뻐하고 행복해했지만, 복잡하고 어려운 일에 부딪히면 피하고 자신을 깎아내린 적도 있었던 것 같습니다. 중요한 것은 상황에 따라 제가 달라지거나 변하지 않는다는 것을 깨닫는 일이었습니다. 다른 사람과의 비교를 통해 또는 상황에 따라 변하는 저를 들여다보는 것이 얼마나 어리석은 일인지를 안 것입니다.

저는 '저 자신'입니다. 임어당도 "다른 사람과 비교하지 않고 오롯이 자기 세계에 집중하는 사람은 행복하다"했는데 적극 동의합니다. 완벽한 사람은 없습니다. 완벽을 좇는 사람은 항상 '부족함' 때문에 행복하지 않습니다. 상대도 완벽하기를 바라며 항시 불만에 차 있기에 행복하지 않습니다. 그러나 여러 면에서 부족하고 어리석다는 것을 알지만 자신을 사랑하며, 다른 사람도 그럴 수 있다고 너그럽게 존중하고 사랑할 줄 알면 행복합니다. 자신과 상대의 다름을 인정하고 자신의 세계에 온 힘을 쓰는 사람은 더욱 행복을 누릴 수 있습니다.

어떠십니까? 겸손하며 다른 사람을 받아들이고 자신과 상대를 소중하게 여기시나요? 우열優劣에 따른 상대적 만족보다 겸양謙讓에 바탕을 두는 사랑과 존중이 모두를 행복하게 합니다. '나는 나를 사랑한다!'고 외치며 하루를 시작해보시면 어떨까요?

얼마나 많이 주느냐보다 보다
얼마나 많아 사랑을 담느냐가 중요합니다

얼마나 많이 주느냐보다 얼마나 많은 사랑을 담느냐가 중요하다.

—마더 테레사—

위 말씀은 세속에 물든 저에게 많은 생각과 반성을 하게 합니다. 선물을 받을 때나 줄 때 거기에 담긴 정성과 사랑을 생각하기보다는 물질적으로 '이만하면 괜찮고, 서운해하지 않겠지' 하는 계산을 먼저 했던 것 같습니다. 때로는 속물처럼 '이런 걸 선물이라고 하냐? 나를 무시하는 거야?' 라고 속으로 말하며 겉으로는 '뭐 이런 걸 주세요.' 라고 말한 적도 있는 파렴치한인 적도 있습니

진허 **웨딩마치** 2011, Acrylic on canvas, 130.3x162.2cm

다. 저도 천민자본주의 속의 한 사람임을 다시 느낍니다. 더한 것
은 나쁜 뜻을 가지고 선물을 하는 것입니다. 이럴 때 '세상에 공짜
는 없다.', '그리스인의 선물을 경계하라.'는 격언을 되새깁니다.
받기에 부담스러운 선물은 여기에 해당됩니다. 선물은 즐거움을
주는 것이어야 합니다.

'관계'는 주고받는 관계이고 주고받는 마음은 헤아리기가 어렵
다보니 물질적인 것이나 눈에 보이는 외현적 표현으로 평가하기
쉽습니다. 그러나 중요한 것은 진실입니다. 흔히 뇌물죄를 적용
할 때 '대가성'을 말합니다. 대가성은 줄 때 '되받고 싶은 뜻이 있
음'을 말합니다. 적게 주고 많은 이익을 얻으려는 음흉함이 있습

니다. 특히 상대를 위한다는 자선이라는 이름으로 아름답게 포장된 의도성은 더욱 살필 일입니다.

베풂은 물질의 양이 아니라 그 속에 담겨있는 해맑은 마음의 소중함입니다. 가난하지만 서로를 위해 콩 한 알과 빵 한 조각도 사랑을 담아 나누면 의례적이고 어쩔 수 없는 상황에서 나누는 부자의 많은 물질보다 더 소중합니다. 가난해서 베풀 수 없는 것이 아니라 마음에 사랑이 부족하기 때문에 베풀지 못하는 것입니다. 다른 사람의 사랑을 물질의 많고 적음으로 보는 사람도 사랑의 맘이 가난하기 때문입니다. 작게 여겨지는 사랑이라도 따뜻하게 감사할 줄 알면 작은 사랑을 더 크고 기쁘게, 아름답게 느낄 수 있는 행복한 사람입니다.

외국 여행 가서 선물을 살 때 느낀 것인데, 물질적 가치를 떠나서 상대를 생각하고 즐거운 마음으로 사는 것은 상대에 대한 애정 없이는 불가능합니다. 그만큼 선물에 담긴 정성과 사랑이 소중한 것입니다. 선물에 담긴 사랑을 보는 순수함을 기르는 것이 중요합니다. 선물을 할 때도 상대에 대한 존경과 사랑을 담아 분수에 넘치지 않도록 하는 것이 좋습니다. 틀에 박힌 의무적인 선물보다는 정성과 사랑을 담은 글과 함께 주면 더 좋을 것입니다. 뿐만 아니라 사랑이 담긴 기도도 귀하고 아름다운 선물임을 잊어선 안 됩니다.

어떠십니까? 선물을 할 때나 받는 순간 무엇을 먼저 생각하시나요? 선물에 든 사랑과 관심입니까? 가장 소중한 것은 물질이 아니라 그 속에 담긴 상대에 대한 관심과 사랑 아닐까요? 그런데 저는 가끔 '그까짓 것 가지고'라며 정성어린 마음을 비난한 적도 있었습니다. 마음과 물질을 내어준다는 자체가 아름다운 사랑인데 양적으로만 보고 평가를 한 적이 있었습니다. 어리석은 물질만능의 천민賤民이 된 것이지요. 저부터 조그만 베풂에도 감사하고 순수한 사랑으로 다른 사람을 돌보며 베푸는 아름다운 사람이 되겠습니다. 선물을 할 때나 받는 순간 무엇을 먼저 생각하시나요? 선물에 든 사랑과 관심입니까? 마더 테레사의 사랑을 함께 묵상해 보실까요?

진허 **밥말아 먹은 사랑시리즈** 2020, Acrylic on paper, 32x24cm

다른 사람의 이야기를 진지하게 들어주는 것이

사랑의 시작입니다

다른 사람의 이야기를 진지하게 들어주는 태도는
우리가 다른 사람에게 나타내 보일 수 있는 최고의 찬사다.
―카네기―

공감하기 위해 반드시 필요한 것이 경청입니다. 경청은 두 가지 뜻을 가지고 있습니다. 하나는 공경한다는 경청이고, 다른 하나는 상대방의 말에 귀를 기울인다는 의미의 경청입니다. 먼저 상대를 인격적으로 공경하는 것이어야 합니다. 왜냐하면, 상대를 공경하면 상대의 말에 귀를 기울이고 진실하게 반응하는 것은 자연히 따라오는 것이기 때문입니다. 누군가가 자신의 이야기를 진

진허 **꽃같은 인생 시리즈** 2020, Mixed materials, 지름 22cm

지하게 들어주는 것만으로도 세상은 살만한 곳으로 여겨집니다.
상대방에 대한 존경과 사랑의 시작이 경청입니다. 이야기를 다 듣
기도 전에 판단하고 반응하는 사람과의 만남은 꺼려집니다. 저의
경우는 그렇습니다. 저도 한 때 말하기를 즐기고 논쟁을 좋아했습
니다. 논리적으로 설명하여 상대를 설득하고 이해시키려고 애썼
습니다. 그러나 그럴수록 사람들은 멀어져 갔습니다. 저와 입장
이 다르거나 다른 견해를 갖는 상대를 점점 미워하고 꺼리게 되었
습니다. 말은 주고받는 것입니다. 제 말만큼 상대의 말도 귀하게

들어야 한다는 대화의 제1규칙을 어긴 것입니다. '네 말은 옳지만 네가 싫다'의 주인공이 된 것입니다. 말을 잘 듣는 것이 상대를 공경하는 사랑의 시작입니다.

다른 사람의 말을 진지하게 듣기 위해서는 적어도 세 번 듣고, 두 번 생각하며, 한번 말하는 태도가 습관이 되면 좋습니다. 좋은 말도 여러 번 하면 부담을 주거나 잔소리로 들리지만 여러 번 들어주면 믿음을 줍니다. 열심히 들어주는 일이야말로 상대를 존중하고 있음을 보여주는 최고의 표시입니다. 상대가 행복하고 신이 날 때는 미소를 머금고, 힘들 때는 공감하며 한편으로는 '이 어려움이 지나면 평화가 오리라'는 격려의 눈빛을 담아 진지하게 들으면 상대에게 '든든한 지지자가 있다'는 행복을 선물합니다.

어떠신가요? 상대를 공경하며 그의 말에 귀를 기울이시나요? 혹 상대의 말을 평가하고 자신의 생각을 설파說破하려고 애쓰나요? 사랑은 잘 듣는 것에서 시작된답니다.

믿음이 없으면 사랑이 싹트지 않고
사랑이 없으면 믿음이 자라나지 않습니다

누군가를 믿으면 그들도 너를 진심으로 대할 것이다.
누군가를 훌륭한 사람으로 대하면 그들도 너에게 훌륭한 모습을 보여줄 것이다.
— 랄프 왈도 에머슨 —

관계에서 믿음은 매우 소중합니다. 그런데 믿음의 상당 부분은
이해관계에 얽혀있는 경우가 많습니다. 자신에게 이익이 되거나
좋은 감정을 갖고 있다면 좋고 믿을 수 있는 사람으로 여기지만,
도움이 되지 않고 자신을 비난하면 믿지 않고 나쁘게 여기는 경향
이 있습니다. 저도 예외는 아닙니다만 이해관계로 상대를 평가하
고 믿는 것은 삼가야 합니다. 상대의 인격을 바탕으로 믿음을 가

졌다는 것은 자신을 어려움에 빠뜨리고 잘못 평가하더라도 '그럴 수도 있겠구나.' 하는 마음을 갖는 것입니다. 믿음은 상대와 관계되지만 자신의 책임이 큰 경우가 더 많습니다. 사랑이 없으면 믿음은 자라지 않습니다.

이해관계를 떠나 상대를 믿으면 상대도 진실로 대할 것입니다. 상대가 그렇지 않을 것이라는 우려는 자신의 문제입니다. 부모와 자식, 선생과 제자, 상사와 부하 간에도 서로 존중하며 귀하게 여기면 아름답게 성장할 것입니다. 저도 미성숙함과 불신으로 남을 깔보고 믿음으로 대하지 못했던 적이 많았습니다. 반성합니다.

어떠십니까? 상대방에 한없는 믿음을 보내며 대하시나요? 아니면 이해관계에 휩쓸려 상대를 깎아내리고 업신여긴 적이 있으신지요? 만약 있었다면 마음을 가다듬는 계기로 삼아 상대방을 사랑하고 하느님처럼 모시는 노력을 해보시게요. 상대를 사랑하고 하느님처럼 모시면 결국 자신을 사랑하고 하느님처럼 모시는 것이니까요.

6

하찮은 친절이

사랑의 시작입니다

신철호 **Heart** 2017, Acrylic on canvas, 46x53cm

신철호

조선대학교 미술대학과 동교육대학원을 졸업하고
Art Students League of New York. National Academy of Design
School of Fine Art에서 수학하였으며 국전 비구상 심사위원장 역임.
일상생활에서 발견된 오브제들을 기호화하고 간략화 시킨 이미지들을 차용,
그 특징들을 과장하거나 극단적으로 절제하고
그 속에 우리가 살아온 발자취를 화석화시켜
캔버스 안에 희망적 조형성으로 제시한다.

사랑의 표현은

강요가 아니라 부탁입니다

비폭력대화에서 부탁할 때 세 번째로 필요한 요소는 부탁과 강요를 구분하는 것이다.
부탁이 강요로 들리는 경우, 듣는 사람은 자기가 "예스" 하지 않으면
비난이나 처벌을 받게 될 것이라 생각한다.

── 마셜 B. 로젠버그 ──

비폭력 대화는 갈등을 평화롭게 해결하며, 더 나은 관계를 시작하고 유지하는데 도움을 줍니다. 저를 비롯해 많은 사람들은 외적 관찰을 통해 자신의 느낌을 표현합니다. 자신의 뜻대로 되지 않을 때는 감정을 함부로 드러내고 타인에게 자신의 뜻을 따르라고 강요를 하는 경우가 많습니다. 항시 이런 문제를 자각하며 고치고 이를 습관화 하지 않으면 비폭력 대화는 실패하기 쉽습니다.

그러나 아름다운 관계를 위해 비폭력 대화는 꼭 필요합니다.

비폭력대화에서는 부탁할 때, 원하는 것을 표현할 때 긍정적이고 구체적으로 할 것을 요청합니다. 막연하고 추상적이면 혼란을 부릅니다. 다음은 "아니요"라고 말해도 상대가 마음을 상하지 않도록 부탁하는 것입니다. 우리는 도덕주의적 판단에 익숙해 있기 때문에 어른, 상사, 스승 등께 순종하고 따르는 것을 아름답게 여기는 경향이 있습니다. 경계할 일입니다. 예를 들면 "좀 더 열심히 했으면 좋겠다."는 말보다는 "네가 맡은 과제를 내가 어떻게 도와주는 것이 집중도를 높이겠니?"로 말한다든가, "공정한 경기를 하기 바란다."보다는 "모든 사람들이 차례로 한 번씩 하자는데 동의할 수 있겠니?" 등 명령보다는 권유의 형식으로 부탁해야 합니다. 사랑의 표현은 강요가 아니고 부탁입니다.

제대로 된 부탁을 하고 계시나요? 부탁이라는 미명하에 혹시 강요하고 있지는 않나요? 생각해보니 저는 상당히 권위적으로 강요를 부탁으로 포장한 적이 많이 있었습니다. 반성합니다. 앞으로는 상대를 존중하고 서로에게 도움이 되는 부탁을 하려 합니다.

신철호 **Hope** 2020, Monoprint collage on arches, 51x36cm

사랑은

모든 생명체를 지킬 의무를 포함합니다

사람에게 동물을 다스릴 권한이 있는 것이 아니라
모든 생명체를 지킬 의무가 있는 것이다.
─제인 구달─

근대 역사를 새롭게 조명하고 변환시킨 위대한 사람을 들라고
하면 상대성 이론의 아인슈타인, 자본론을 쓴 마르크스, 무의식의
세계를 발견한 프로이트를 듭니다. 저는 「침묵의 봄」이라는 책으
로 생태계(생명의 사슬)를 새롭게 조명한 레이첼 카슨을 꼭 더하고
싶습니다. 인간은 근대화라는 미명 아래 이성의 우위를 강조하며
만물의 영장이라는 오만을 당연시하여 생명의 구조를 그물망 같

은 사슬로 보는 것이 아니라 인간의 지배아래 수단화시켰습니다.

인간은 자연과 다른 생명체의 도움 없이는 단 하루도 살아갈 수 없는 약한 존재임에도 불구하고 발전이라는 어리석은 명분으로 자연과 다른 생명체를 착취하는데 혈안이 되어 있습니다. 이러한 못된 행위의 부작용은 환경의 역습으로 돌아와 많은 반성을 안겨줍니다. 아직도 성장주도주의자들은 인간을 위해 거대한 생명체에 주는 부작용을 인간의 복지적 삶을 위해 필요하다고 일부러 외면하고 왜곡하여서 그럴듯하게 포장하여 인간을 속이고 있습니다. 인간은 거대하고 거룩한 생명체계의 일부임을 명심하며 생명공동체로 거듭 나야 합니다. 적극적으로는 자연을 경외敬畏하고 모든 생명체를 사랑해야 합니다. 다른 생명체를 지키는 것이 인간이라는 생명체를 유지하는 바탕이기에 서로살림입니다. 하늘과 땅의 모든 생명체는 인간의 생존에 은혜로운 존재이며, 인간은 하늘과 땅의 도움 없이는 한순간도 존재할 수 없는 미약한 존재입니다.

어떠십니까? 인간을 만물의 영장, 자연의 지배자로 보시나요? 아니면 천지인이 조화를 이루는 생명공동체의 일부로 여기시나요? 저도 한때 인간중심의 생각으로 섣불리 말하고 행동했습니다. 이제는 생명공동체의 미약한 존재로서 모든 생명을 존중하고 더불어 살렵니다. 자연은 보호의 대상이 아닌 사랑을 나누는 고귀한 생명공동체임을 가슴 깊이 새겨볼까요?

사랑으로 다른 사람을 도우는 것이

당신이 원하는 것을 얻게 하는 것입니다

당신은 다른 사람이 원하는 것을 얻을 수 있도록 도와줌으로써
인생에서 당신이 원하는 것을 얻을 수 있다.
— 딩크 마이어 와 로손시 —

자기 일도 많은데 다른 사람에게 관심을 갖고 신경을 쓴다는 것
은 큰마음 씀씀이 아니고는 불가능합니다. 그러나 상대를 배려하
고 몸과 마음을 베풀면 귀하게 돌아옵니다. 상대에게 고운 말을
쓰고, 상대가 어려울 때 격려하고 지지하는 것은 생태적 차원에
서 행복을 돌려받는 일입니다. 로손시는 격려를 최우선으로 소중
하게 여기는 아들러의 제자입니다. 인간은 실패도 하고 좌절도 겪

습니다. 그때 진정으로 필요한 것이 전인격적인 격려이며, 그로부터 힘을 얻습니다. 그러기에 결과에 주는 칭찬보다 과정에 힘과 용기를 부여하는 격려가 좋습니다. '나도 이만하면 괜찮다고 해주는 사람이 있구나,' 하면서 열등감을 이겨내며 행복한 삶을 열어가게 됩니다.

어려울 때 해주는 따뜻한 말 한마디와 밥 한 그릇은 온전한 사랑입니다. 가난과 어려움을 모두 그들에게 책임지우는 것은 온당치 않습니다. 지상에서 한 식구와 형제로서 서로를 책임질 의무를 갖고 있습니다. 형제나 친구, 이웃이 병들고 힘들 때 맘이 편안하지 않습니다. 서로가 연결되어 있기 때문입니다. 그들이 안정되

신철호 **Space** 2014, Acrylic on canvas, 112x162cm

고 평화로울 때 우리도 더불어 평화와 기쁨을 얻습니다. 관심 갖고 도와주는 것이 결국은 우리가 원하는 것을 얻는 지혜입니다. 남북관계와 동서갈등도 대립과 투쟁을 넘어 격려와 지지를 바탕으로 하는 따뜻한 사랑이 내재되어 있어야 통일과 화합이 가능합니다. 갈등과 대립, 미움을 부추기는 일은 이제 그만하고 서로 존중하고 은혜를 나누어 아름답고 평화롭게 살아야합니다.

어떠신가요? 혹 남을 미워하고 상대에게 책임을 지우신 적은 없으신가요? 상대의 입장을 이해하고 배려하면서 기쁨과 즐거움을 느끼신 적은 많으신가요? 저는 둘 다 경험을 했습니다. 전자의 삶을 살면서는 자책과 후회도 많이 했습니다만 후자였을 때는 맘이 평화롭고 행복했습니다. 이제 후자의 삶을 살려고 노력하겠습니다. 다 저를 위한 것이지요. 함께 가보실까요?

사랑받고 싶다면 사랑하고
사랑스럽게 행동하세요

사랑받고 싶다면 사랑하라, 그리고 사랑스럽게 행동하라.

— 벤자민 프랭클린 —

'사랑받고 싶다면 사랑하라.'는 당연한 말이라고 할 것입니다. 그러나 행하기는 쉽지 않습니다. 사랑이 상대의 뜻과는 관계없는 자신의 방식이거나 혹은 받는데 익숙해 있는 경우가 다반사茶飯事입니다. 반대여야 하지만 많은 사람들은 베푼 것은 잘 기억하지만 받은 친절과 사랑은 쉽게 잊어먹습니다. 성차별에 익숙한 사람은 고정관념으로 자신을 합리화합니다. 그렇지 않는 여성이 훨씬

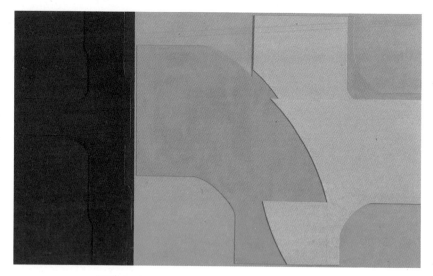

신철호 **Road** 2009, Mixed media on wooden panel, 65x91cm

더 많겠지만 '남자가 쩨쩨하게', '그것은 남자가 당연히 해줘야 하는 것 아니냐?' 하면서 남성은 챙겨주는 존재, 여성은 받고 보호받고 사랑받는 것이 당연한 존재라는 방어논리로 스스로 낮추는 여성도 있습니다. 남성도 고정관념으로 여성이 해야 할 일을 미리 정하고, '이런 정도는 해줘야 하는 것 아니냐'라고 주장하고 그렇지 않을 경우는 깎아내릴 때가 많습니다. 이는 사랑이 아닙니다.

소극적으로는 공자님처럼 '자신이 하기 싫은 일을 남에게 시키거나 베풀지 말아야' 하지만 적극적으로는 프랭클린처럼 사랑받고 싶은 만큼 베풀고 대접해야 합니다. 사랑을 베풀고 상대가 즐거워하는 모습에 행복해하며 기쁨이 넘쳐야 합니다. 받으려는 마음이 넘쳐 조건으로 베푸는 사랑에는 미움의 씨앗이 들어 있을 확률이 높습니다. 조건이 채워지지 않으면 더 이상 사랑이라고 여기지 않고 자신의 욕구를 채워주지 않는 상대방을 사랑하지 않아서 자신의 요구를 들어주지 않았다고 생각하며 증오할 것입니다. 사랑받고 싶다면 사랑하고, 사랑스럽게 행동하라는 말에 저는 '그 뒤를 구하지 말라'는 말을 덧붙이고 싶습니다.

사랑받고 싶을 때 어떻게 하세요? 주는 것으로 만족하세요? 받을 것을 바라시나요? 베풀지 않고 요구만 하시나요? 사랑은 숭고합니다. 사랑이 조건이 포함되지 않은 순수함과 만날 때 더욱 빛납니다. 오늘도 '행복한 사랑' 해보실까요?

형제간의 정은
형제간의 사랑이다

형제간의 정은 서로 우애하는 것이다.
—사자소학—

어릴 때 읽을 때는 눈에 들어오지 않았던 구절이 새삼 다가오는 것은 무슨 까닭일까요? 어려서는 순수함이 있었지요. 형제의 정은 두터웠고, 우애友愛를 당연시 했습니다. 형제가 서로를 생각하여 달밤에 볏단을 서로 가져다주는 교과서에 나오는 아름다운 마음을 실천하고 살았다고 해도 지나치지 않습니다. 그런데 살림도 나아졌고 더 여유가 생겼는데도 우애가 예전 같지 않습니다.

제 시각이 문제인지 모릅니다만, 돈과 지위가 있는 형제가 중요한 결정을 하는 힘을 가지고, 가난하고 힘없는 형제는 말도 못하는 세상이 된 것입니다. 언론에 회자膾炙되듯 큰 부를 가진 집단은 더 악랄하고 교묘하게 더 많은 부를 차지하기 위해 꼴사나운 싸움을 합니다. 물질이 세상을 지배하는 기본이 되어버렸습니다. 슬픕니다. 인륜이라는 것이 있습니다. 윗사람을 공경하고 아랫사람을 사랑하는 마음이지요. 하늘이 비와 이슬을 주어 땅에 열매를 맺게 하고, 땅은 열매를 사람에게 주며, 사람들은 그 열매를 함께 나누어 먹는 것이 자연의 이치입니다. 그렇듯이 한 부모 밑에 태어난 형제들은 우애를 바탕으로 사랑하며 더불어 살아야 합니다. 자본의 노예가 되어 하늘이 맺어준 인연을 상하게 해서는 안 됩니다. 이런 말을 드리면서도 큰형으로서의 역할을 제대로 못했을 수도 있겠구나 생각을 해봅니다. 그 평가의 몫은 동생들의 영역입니다. 서운한 점이 있었다면 용서를 바라는 마음입니다.

여러분 중에도 우애가 두터운 분들이 많을 것입니다. 저도 형제를 사랑하며 우리 형제들은 우애가 있다고 자랑하고 싶습니다. 그러나 가끔은 저도 세속의 노예가 되어 우애를 마음에 두지 못할 때가 있었음을 돌아봅니다. 많이 부끄럽고 반성합니다. 오늘은 우애에 대해 생각하는 하루를 만들어 보실까요?

부모님께 효도하는 것이
자식으로서의 도리인 사랑입니다

부모님이 어린 시절을 꾸며주셨으니
우리도 부모님의 남은 생애를 아름답게 꾸며 드려야 한다.
— 생텍쥐페리 —

위 구절을 읽고 효에 있어서는 다른 나라가 따라오지 못한다는 선입견을 버리게 됐고 부끄러움을 느꼈습니다. 그것은 제 문제일 지도 모릅니다. 아버지는 항시 긍정적이고 행복하게 살 수 있도록 사랑을 듬뿍 주셨고, 늘 격려하고 지지하셨고, 자율이 넘치는 아름다운 추억을 많이 남겨주셨습니다. 친구들도 저의 아버지를 더 좋아하고 존경했습니다. 아버지의 빈자리가 크다는 것을 항시 느낍니다. 그럼에도 마음에만 있을 뿐 가까운 곳에 묻혀 계심에도 자주 가지 못하고 있습니다. 어머니는 자애와 사랑으로 저를 가르치셨고, 잘못할 때조차 지혜로운 말씀으로만 나무라시고 바른 길로 이끄셨습니다. '지는 것이 이기는 것이다.'는 말씀은 제가 따지기 좋아하고 잘난 척, 아는 척하는 것을 경계하여 자주 들려주셨습니다. 지금도 마음에 간직하고 실천합니다. 오늘날의 저는 부모님이 꾸며주신 덕택입니다.

많은 은덕恩德을 받았음에도 불구하고 부모님의 삶을 아름답게 보필輔弼하지 못한 것 같아 부끄러움이 밀려옵니다. 살아계신 어

신철호 **For You** 2015, Acrylic on canvas, 61x91cm

머니께도 자주 문안 전화를 드리고 방문을 해야 함에도 '바빠서 자주 연락 못 해 죄송합니다.'라는 그럴듯한 변명만 늘어놓으니 불효막심합니다. 전화라도 더 자주 드려야겠다는 다짐을 합니다. 부모님의 남은 생애를 아름답게 하는 것이 무엇일까 생각해봤습니다. 소극적으로는 형제간에 우애하며 자식으로서 건강하고 물질적으로 걱정을 끼쳐 드리지 않는 것입니다. 적극적으로는 부모님의 뜻을 따르고 형제가 어려울 때 서로 돕고 정을 도탑게 나누며, 부모님을 넉넉하게 받들어 모시는 것입니다.

어떠신가요? 형제간에 우애하며 부모님을 즐겁게 해드리나요? 아니면 다투고, 부모님께 기대 뭔가를 바라고, 잘못 키웠다고 힘들게 한 적은 없으시나요? 효는 물질로만 하는 것이 아고, 따뜻한 말 한마디가 부모님을 행복하게 합니다. 부모님은 아낌없이 주시잖아요. 그것을 고마워할 줄 모르는 것은 순리에서 벗어난 겁니다. 지금 부모님께 전화로라도 따뜻한 말씀 전하세요. 저도 지금 하겠습니다. 지금 부모님께 사랑과 행복을 전하세요.

하찮은 친절이
사랑의 시작입니다

하찮은 친절이라도 모든 행동이 논리적으로 설명할 수 없는
파급효과를 일으킬 수 있다.
— 스콧 애덤스 —

사소한 친절의 힘은 큽니다. 사소한 베풂이 상대에게는 큰 친
절이 될 수 있습니다. 여행 중 길을 헤매고 있을 때 어떤 사람이
미소를 지으면서 길을 일러준 친절을 떠올려 보면 마음이 환해지
며 미소를 띠게 될 것입니다. 어떤 사람의 요청에 무심코 지나가
지 않고 관심을 가져주는 여유도 상대로 하여금 자신도 가치가 있
는 존재라는 의미를 부여케 합니다. 이런 행동이 사랑입니다. 사

랑은 거창한 것이 아닙니다. 제 글 한마디에 반응하고 격려해주시는 여러분의 존재는 저에게 기쁨과 행복을 줍니다.

따뜻한 말 한마디와 칭찬, 은은한 미소와 몸짓, 밥 한 그릇은 사랑을 느끼게 하고 생명의 의지를 샘솟게 하는 원동력이 되어 상대의 삶을 바꾸게 하기도 합니다. 이는 논리적으로 설명할 수 없는 신비한 힘을 줄 수 있습니다. 그러기에 친절은 주저하지 말고 베풀어야 합니다. 선업善業을 쌓는 것이니 친절의 힘을 믿어야 합니다.

작은 친절이 큰 사랑의 시작임을 믿으시나요? 작더라도 친절을 베풀 수 있는 순간을 놓치면 그 기회는 다시 오지 않습니다. 자연스럽게 친절을 베풀 기회는 행복하게 살 수 있도록 하느님이 준 축복임을 명심하고 기꺼이 베풀어 보실까요?

신철호 **Beyond** 2015, Mixed media on canvas, 73x50cm

부모님께

사랑을 표현하세요

부모가 사랑해 주면 기뻐하며 잊지 말고
부모가 미워하시더라도 송구스럽게 생각하여 원망하지 않고
부모에게 잘못이 있거든 부드러이 말씀을 드리고 거역하지 말아야 한다.
— 증자 —

중국 전국시대 공자의 제자인 증자(본명: 증삼)는 공자에게 우직하여 둔하다는 평을 받았으나 자기반성과 성찰을 배움의 자세로 삼아 매일 같이 스승에게서 배운 것을 기억하고 그것을 삶에서 실천하려고 노력하였습니다. 부모님께도 우직할 정도로 순종하였습니다. 아버지 증절에게 잘못을 저질러 맞을 때도 변명을 하지 않고 맞고만 있었다고 하는 이야기가 전해옵니다. 여기게 대해 많

은 평이 내려옵니다만 그의 우직함은 노력으로 그의 학문을 성공으로 이끌었고 부모에 대한 어리석을 정도의 무조건적 순종은 효의 대명사가 되고 진정한 효의 실천가로 불리어지는 계기가 되었습니다. 물론 증자를 유교사상을 왜곡한 사람이라는 평도 존재합니다. 그의 종속적 관계의 효사상은 수직적 충효忠孝사상으로 변질되어 지배와 순종을 강요하는 통치논리로 변질되었다는 것입니다. 즉 유교의 충서忠恕 중에 서恕가 중요한 데 이를 경시하고 수직적 관계의 충忠을 강조하여 상하관계의 복종을 강요하는 충으로 왜곡했다는 것입니다. 여기서는 증자의 사상을 분석하기 보다는 증자의 자식으로서 부모님에 대한 효인 사랑의 실천으로만 살펴보겠습니다. 증자는 공자가 말한 효의 첫 번째가 부모로 받은 몸을 잘 보존하라는 것인데 이를 처음으로 하여「효경」을 집필하게 되었습니다. 자신의 몸을 건강하게 보존하는 일이 효의 시작입니다.

증자가 말씀한 위의 구절을 읽으며 저는 한없는 부끄러움을 느꼈습니다. 특히 세 번째 구절에서 살아계신 어머니를 대하는 저의 태도에 대해 많은 반성을 하는 계기가 되었습니다. 이제 나이가 많이 드시다 보니 여러 가지 면에서 제가 보기에는 잘못된 판단을 하고 결정을 내리실 때가 종종 있습니다. 그럴 때 '어머니 그것은 잘못됐어요, 왜 그렇게 하셨어요. 이런 문제가 있잖아요. 그것도 모르셨어요? 그렇게 하면 안되잖아요.'하며 짜증을 내며 말했던 경우가 있었던 것 같습니다. 어머니 정말 죄송합니다. 이제부터는 옳고 그름을 따지기 전에 어머니께 받았던 무한한 사랑에 감

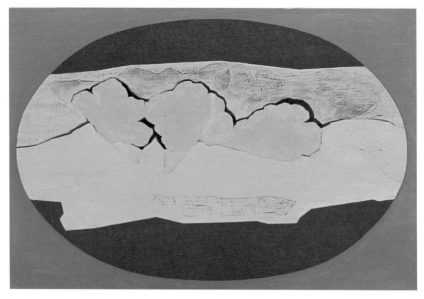

신철호 **Dream-II** 2009, Fabric acrylic on canvas, 65x91cm

사하고 기뻐하며, 그동안의 잘못을 용서하며 키워주신 어머니께 송구스럽게 생각하며 잠시 기다렸다가 '어머니 일리가 있는 말씀이네요. 그런 결정을 내리신 특별한 이유가 있으세요?'라고 되묻고 '저도 한 번 더 생각해 보고 말씀을 드리겠습니다.'라고 부드럽게 응대하며 말씀드릴 것을 결심합니다. 우리 함께 부모님의 사랑에 따뜻한 미소와 부드러운 말투로 효도하시게요.

사랑은 둘이서 똑같은 방향을
바라보는 것입니다

사랑이란 서로 마주 보는 것이 아니라
둘이서 똑같은 방향을 내다보는 것이라고
인생은 우리에게 가르쳐주었다.
— 생텍쥐페리 —

지당한 이야기입니다. 어떤 사람을 사랑하는 것은 같은 희망과 꿈을 가지고 서로의 성장을 기뻐하고 격려하는 것이어야 합니다. 흔히 감각과 소유에 집착해 그것이 진정한 사랑이라고 착각하면서 상대를 은근히 감시하며 자신의 생각과 정서를 강요하고 그것을 당연히 여기기도 합니다. 똑같은 것을 찾는 것만이 사랑이 아닙니다. 사랑은 다름에서 더 큰 이해의 지평이 열리는 것입니다. 그러기에 때 묻지 않은 순수한 사랑은 동반자로서 상대방의 영역을 존중하고 자신의 영역의 소중함을 이야기하며 함께 가야 합니다.

사랑에 대한 생각과 느낌은 다 다르겠지만 '서로에게 아름다움을 일깨우는 영혼의 지렛대'라고 부르고 싶습니다. 사랑하면 온 세상을 가진 듯 기쁨이 샘솟고 사물을 깨닫는 힘이 더 예민해지면서 활력이 넘칩니다.

물론 사랑이 깨지면 마음의 상처는 말할 수 없지만, 그것도 사랑하는 사람만이 가질 수 있는 '새로이 피어날 수 있는 절망'이라는 고통입니다. 사랑에 순수함과 진솔함이 있었다면 행복한 추억으로 승화됩니다. 헤어져도 바라보는 방향이 같으면 아름다운 행복은 계속되며, 소유와 집착과 바람이 없는 '주는 사랑'으로 행복을 느꼈다면 축복입니다.

저의 사랑에 대한 관점이 이상을 앞세워 현실성이 떨어지며, 소유적이고 열정적인 실제 사랑을 모르고 한 이야기라고 할지 모르지만, 진정한 사랑은 자신과 서로를 위하는 자유로움이 있어야 한다고 생각합니다. 아름다운 사랑을 어떻게 가꾸시는지요? 생텍쥐페리의 말에서 지혜를 얻어 볼까요?

연애는 황홀한 오해라는
사랑의 묘약입니다

연애를 한 순간부터 가장 현명한 남자도 상대를 제대로 보지 못한다.
자기의 장점을 작게 평가하고, 작은 호의를 크게 평가한다.
불안에도 희망에도 어떤 소설적인 것으로 연상한다.
그리고 무슨 일이든 단순한 우연이라고 생각하지 않는다.
— 스탕달 —

연애를 하면 '황홀한 오해'라는 묘약妙藥을 먹습니다. 이 묘약
은 뭐든지 유리한 대로 해석하고 평가하는 특권을 갖는 것이 당연
하다는 듯이 나쁜 '망상'이 아니라 아름다운 이야기로 엮어 기가
막힐 정도로 그럴듯하게 써갑니다. 그러기에 모든 일은 그럴 수밖
에 없는 이유를 가진 필연이자 운명이 됩니다. 저에게도 그런 순
간이 있었습니다. 저의 사랑은 헤세의 〈지와 사랑〉, 지브란의 〈부

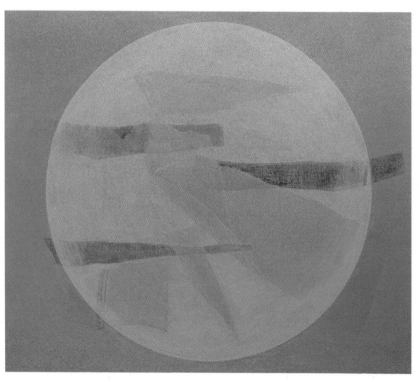

신철호 **Full moon** 2010, Mixed media on canvas, 46x53cm

러진 날개〉와 밀러의 〈독일인의 사랑〉과 롱펠로우의 〈에반젤린〉이라는 서사시와 소설이 현실화된 것이라는 황홀한 착각의 스토리를 만들었습니다. 그 시절이 아름답고 순수했던 것만은 사실입니다.

아름다움과 순수함을 꿈꾸었던 가슴 떨리던 자신이 '사랑하는 상대에 비해 무척 보잘 것 없고 상대가 너무나 커 보였던' 사랑의 마법에서 풀려나 각박하고 계산적인 현실로 돌아왔을 때 느끼는 허전함이야말로 말할 수 없는 초라함을 드러냅니다. 그러나 열정을 품고 황홀한 사랑을 꿈꾸는 일은 착각이자 오해일지라도 커다란 선물입니다. 이성적으로는 자신과 상대에 대한 지나친 평가는 어리석지만 사랑에 빠진 사람만이 누릴 수 있는 특권입니다. 연애할 때 감각의 예민함이 소심해져 질투가 끓어오를 수도 있지만, 긍정적으로는 섬세함으로 작동해 한없는 이해와 배려로 승화됩니다. 상대의 반응에 따라 세계가 무너지는 절망도 하고 세계를 다 가진듯한 착각을 합니다. 연애가 후회와 아픈 종말을 가져다줄 거라는 불안 때문에 피할 이유는 없습니다. 영화 '타이타닉'처럼 피할 수 없는 운명이니까요.

연애의 감정을 느껴본 적이 있으시지요? 그 순간 어떻게 받아들이셨는지요? 아름다웠지요? 후회도 있었나요? 혹 아직까지도 황홀한 오해를 꿈꾸기만 하셨나요? 속없는 저는 오늘도 아름답게 승화된 사랑을 꿈꾸는 소년이 되어봅니다. 제 꿈으로 여러분을 모십니다.

7

사랑은 녹아 없어지는

비누와 같습니다

강동권 **사랑의 빛-꿈** 2020, Oil on canvas, 45.5x53cm

강동권

조선대학교 미술대학 박사과정을 수료하고
개인전 7회와 세계 수영선수권대회 개막식 미디어아트 특별전 등
100여 회의 단체전에 참여하였다.
꽃이 가장 눈부시고 아름다운 찰나의 순간을 기억하며
그 사랑의 빛에 희망과 긍정의 의미를 담는다.

소중한 사랑은
가슴으로만 느낄 수 있습니다

만져지지 않는다.
단지 가슴으로만 느낄 수 있다.
— 헬렌 켈러 —

가장 아름답고 소중한 것은 무엇일까? 사랑, 희망, 평화, 진실 등. 생각해보니 만져지고 보이는 수준을 넘어서는 것임에는 분명합니다. 그럼에도 불구하고 그것을 감각의 세계로 되돌려 분명하게 확인하고 싶어 하고, 상대에게 표현해야 하고, 받아야만 한다는 강박에 빠지는 잘못을 범하곤 합니다. 관찰해보니 많은 사람들이 감각의 세계에서 만족하고 살기를 바랍니다. 그래서 질투와 시기와 욕망이 괴롭습니다.

　가끔 질문을 받습니다. '왜 그것이 좋으세요?'라고. 그러면 저는 '그냥 좋아요.' 아니면 '말로 표현하기 어려워요.'라고 말합니다. 이런 말에 답답해하며 좀 더 구체적이고 분명한 것을 요구합니다. 즉 감각에 논리로 다듬은 표현을 바랍니다. 어머니의 된장국에 든 큰 사랑을 맛으로 표현하라면 뭐라고 하실 건가요? 그것은 미각을 넘어선 위대함이 있기에 감각의 단어로 설명하는 순간 의미가 반감半減되고 맙니다. 그냥 마음 깊은 곳에서 '느끼는' 것입니다. 하느님의 사랑과 부처님의 자비심을 찬란한 수식어를 포함하는 수

강동권 **별이 내려앉은 밤** 2012, Oil on canvas, 130.3x162cm

사학修辭學적으로 묘사할 수 있다고 생각하는 신앙인은 없을 것입니다. 그것은 마음 깊은 곳에서 느끼는 떨림일 것입니다.

제 생각에는 표현 자체가 잘못된 것은 아니지만, 감각과 말로 하는 표현에 집착하는 것은 의심을 감추는 장신구에 불과합니다. 그러기에 고귀한 아름다움과 사랑은 마음 깊은 영혼의 울림이지 감각적 표현이 대신할 수 없는 것입니다. 헬렌 켈러는 보고 들을 수 없었으나 거룩하고 아름답고 소중한 것을 느낄 수 있었던 것입니다.

어떠신가요? 상대에게 자기의 감각적인 표현을 가장 소중한 것이라 강요하신적은 없으시나요? 진실로 필요한 것이 고귀한 사랑과 희망과 평화라면 얄팍한 감각에 매달리지 말고 내면의 울림에 귀기우려 따뜻한 느낌을 마음속 깊이 간직해보시면 어떨까요?

사랑의 등불을 밝히기 위해

사랑의 메시지를 기름삼아 보내야 합니다

등잔의 불을 계속 타오르게 하려면
등잔에 기름을 계속 넣어주어야 합니다.
마찬가지로 사랑의 메시지를 듣길 원하면
꾸준히 사랑의 메시지를 보내야 합니다.
— 마더 테레사 —

테레사 수녀의 천진난만한 미소가 그려집니다. 그의 미소는 사
랑을 필요로 하는 사람들에게 희망을 심어주었고 어려움을 이겨
낼 힘을 주었습니다. 예수님이 주신 사랑을 실천하는 길은 자신의
마음속에 사랑의 메시지를 보내 그것을 기름으로 삼아 자신 안에
사랑의 등불이 계속 타오르게 하여 세상을 환하게 하는 것이라 여
깁니다. 그러니 남에게 사랑을 전하기 전에 스스로 사랑이 넘치도

록 내적 성장의 기름을 계속 넣어주어야 합니다.

의욕만 넘치고 마음속 사랑의 에너지가 부족하면 금방 사랑의 에너지가 방전放電되어 다른 사람에게 보낼 수 없습니다. 진정한 사랑을 나누기 위해서는 사랑의 에너지가 닳지 않도록 계속 보충하는 기도와 은총, 축복에 대한 사랑의 메시지를 보내야 합니다. 사랑의 메시지를 받기 위해서는 상대에게 꺼지지 않는 사랑의 메시지를 보내야 합니다.

여러분은 사랑의 에너지가 얼마나 저장되어 있으신가요? 혹 너무 써버려 금세 '내가 이렇게까지 베풀었는데 몰라준다.'라고 하거나, '어떻게 감히 나에게'라는 미움이 올라온 적은 없는지요. 저부터 돌아봅니다. 오늘도 사랑의 에너지를 채우고 해맑은 미소로 나누는 하루를 만들어 보실까요?

강동권 **사랑느낌** 2018, Oil on canvas, 41x53cm

사랑은 따뜻한 빛을 주는
웃음과 같습니다

햇빛은 모든 이에게 따뜻한 빛을 준다.
웃는 얼굴은 햇빛과 같이 친근감을 준다.
인생을 즐겁게 지내려면 찡그리지 말고 웃을 줄 알아야 한다.
— 슈와프 —

어떤 초등학교에 부모교육이 있어 갔는데 좋은 글이 있어 적어
봤습니다. 사람의 얼굴은 우주의 기운을 담고 있어서 따뜻한 미소
는 따뜻한 기운을 줍니다. 요즘 하는 일이 많고 바쁘다는 핑계로
일에 매달린 차가운 사람이 되지 않았나 하고 반성해 보았습니다.

사람들은 관계 맺어가며 일을 하고 그 관계는 기운으로 전달됩
니다. 그 기운은 사회를 건강하고 맑고 밝게 만드는 근본적 자원

입니다. 일에 빠져 있다가 상대를 배려하는 마음을 잃고 논리적이고 차갑게 일의 성과를 앞세워 상대를 힘들게 하고 아프게 했다면 사과하고 싶습니다.

저를 비롯해 많은 사람들은 자신이 하는 일에 합리적이고 그럴 듯한 근거로 상대를 내리누르고 자신을 정당화합니다. 남의 기운을 상하게 한 것도 당연한 것처럼 여깁니다. 상대가 잘못했기 때문이랍니다. 찡그리고 화난 얼굴은 상대의 탓이라 주장합니다. 긍정적이고 인격적인 존중은 무엇무엇 때문에 라는 조건적인 말이 마땅치 않습니다. 사람을 귀하게 모시는 마음, 즉 한울로 모시는 마음이 있어야 합니다. 따뜻한 미소는 젊어지기 위해서도 아니고. 어떤 목적이 있는 것이 아니라 사랑받아야 할 사람에게 보이는 방식입니다. 모든 사람은 한울처럼 귀하게 존중받아야 하기에 웃는 얼굴로 친밀감을 나누어야 합니다. 그로 인한 좋은 기운으로 아름답게 살아야지요.

잘 웃으신가요? 찡그리는 편이신가요? 오늘도 따뜻한 미소로 좋은 기운을 전하는 사랑의 전도사가 되어보시면 어떨까요?

인생을 즐기는 가장 좋은 방법은

많은 것을 사랑하는 것입니다

인생을 즐기는 가장 좋은 방법은 되도록 많은 것을 사랑하는 것이다.

― 빈센트 반 고흐 ―

이 구절을 보면서 고흐의 '별 헤는 밤'이 떠올랐습니다. 밤의 별빛을 사랑스러운 눈으로 보았을 때 '이렇게 아름답게 표현될 수 있구나' 하는 감격이었습니다. 고흐는 자연 풍광을 많이 묘사했습니다. 그 풍광에는 그림을 그리는 순간 사물에 흠뻑 빠진 열정이 보입니다. '어느 그림이 가장 멋진 그림이오?'라고 묻는 질문에 '지금 그리고 있는 그림이오.'라고 답하는 그의 모습이 떠오릅니다. 살아 움직이는 듯 꿈틀거리는 그의 수많은 그림에서 대상에 대한 무한한 사랑을 보았습니다.

여러분은 어떠신가요? 사랑의 대상이 한정됐나요, 그 지평이 무한한가요? 아름답게 산다는 것 자체가 대상과의 대화를 통해 아름다운 영혼을 마음에 저축하는 것 아닐까요? 아름다운 영혼으로 사랑하면 이름 모를 풀뿌리부터 신성한 존재까지 하나처럼 차별이 없이 행복할 것입니다. 행복한 삶을 즐기기 위해서는 미움이 아닌, 집착과 탐욕에서 벗어난 순진무구한 사랑이 필요합니다. 삶이 아름다운 것은 사랑이 있기 때문이고, 사랑이 있기에 충만하고 감격스러운 것입니다.

저는 여행을 좋아합니다. 새로운 삶의 지평을 사랑의 시선으로 보고 아름다운 마음에 담아올 수 있기 때문입니다. 여행을 떠나기 전 새로움을 접한다는 마음에 기쁘고 설렙니다. 낯선 곳에서 애정이 담긴 대화를 하고, 온전히 사랑을 나눌 수 있기 때문입니다.

여러분도 많은 사람과 세상의 사물과 사랑을 나누세요. 삶 자체가 사랑의 예술이기 때문입니다. 오늘도 사랑으로 넘치는 하루가 되어야 합니다.

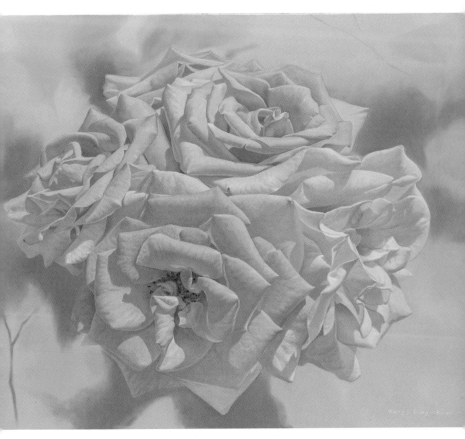

강동권 **행복** 2021, Oil on canvas, 112x145.5cm

사랑은 상대의 영혼을
성장시키는 일입니다

사랑은 상대를 내 생각대로 이끌어가거나 만들어가는 것이 아니라
상대의 영혼을 성장시키는 일이다.
— 칼릴 지브란 (예언자 중 자녀에 대하여) —

이 말을 무척 좋아합니다. 자식을 소유처럼 여겨 자신의 뜻대
로 하려는 부모들에게 보내는 경고로 자주 쓰기도 하지만 모든 인
간관계에도 똑같이 적용됩니다.

사랑한다는 것은 서로를 얽매는 것이 아니라 상대방 없이도 잘
살았던 사람들이 사랑함으로써 더 행복하고, 삶의 지평이 넓어지
고 자유롭게 되는 것이어야 합니다. 그러기에 상대를 얽어매고 소

강동권 **사랑마음** 2018, Oil on canvas, 60.6x72.7cm

유하고 억눌러서는 안 됩니다. 사랑하는 상대의 몸과 마음, 영혼
이 성장하도록 하는 것이 사랑의 진정한 가치입니다.

어떠신가요? 사랑하는 사람이 있으신가요? 자신의 영혼과 상
대의 영혼을 성장시키는 사랑, 이것이 하느님께 부여받은 거룩한
사랑입니다. 거룩하고 해맑게 사랑하는 행복한 날 만들어 보실까
요?

사랑은 상대가
사랑받고 있음을 느낄 때 완성됩니다

청소년을 사랑하는 것만으로 충분하지 않습니다.
그들이 사랑받고 있음을 느끼도록 해야 합니다.

— 돈 보스코 —

흔히 '나는 몸과 마음을 바쳐 그를 사랑했는데 내 마음을 모른다.'고 불평하는 소리를 합니다. 그것은 원하는 사랑을 얻지 못했다는 것에 치우친 불평에 지나지 않습니다. 수많은 전쟁들도 평화와 정의를 내세우며 치러졌으니, 참 우습지요. 나의 입장과 상대의 입장이 서로 다르게 사랑과 평화를 이야기합니다. 목적과 수단둘 다 귀하고 소중한데 목적을 위해 대상과 수단은 무시되기도 합니다. 내 사랑이 상대에게도 온전히 받아들여지기 위해서는 무엇이 필요할까요? 조건 없는 순수함이 아닐까요? 미리엘 신부가 베풀어준 사랑은 메말라 있던 장발장에게 사랑이 무엇인가를 느끼게 했습니다. 사랑은 진정으로 사랑받고 있다는 것을 상대가 느낄 때 비로소 완성됩니다. 돈 보스코 성인도 삶 속에서 청소년들에게 최선을 다해 사랑을 베푸셨습니다. 그의 가르침을 받은 청소년들은 자신을 온전히 내놓은 지극한 사랑에 감동받고 자신을 변화시켰던 것입니다. 저도 부족하지만 돈 보스코 성인을 가르침을 받고 그렇게 되고자 성당에서 세례를 받을 때 본명으로 정했습니다. 제가 하고 있는 글을 쓰는 일도 청소년들과 사랑의 교감을 나누는 하나의 방편이라고 생각하고 있습니다. 저의 뜻을 헤아려 주시길 바랍니다.

간디의 비폭력 저항운동도 폭력을 쓰지 않음으로써 평화운동의 위대함을 깨우쳤고, 지금까지도 감동을 주는 것입니다. 진정한 사랑과 평화는 일방적이지 않고 온전한 교감으로 하나가 됨을 느끼는 감동과 아름다움이 있습니다.

사랑하는데 상대가 몰라줘서 화가 나 있나요? 실망하고 계신가요? 조건 없는 지극한 정성으로 사랑받고 있다고 느끼게 하면 사랑하는 것과 사랑받는 것이 하나가 될 것입니다. 오늘도 하나됨의 벅찬 황홀과 신비를 체험하시길.

영원한 사랑은

조용히 기다림으로 채워갑니다

영원히 사랑한다는 것은
조용히 기다림으로 채워간다는 것입니다.
—도종환—

　제가 좋아하는 구절 중 하나가 롱펠로우의 '기다리는 것을 배우라'는 말입니다. 서양 속담에 서두르면 망친다는 말이 있습니다. 뭐든지 서두르고 일찍 하려는 것이 앞서가고 부지런한 것처럼 보일지 모르지만, 제철이 아닌 일찍 나온 과일에서 느껴지는 것처럼 뭔가의 부족함이 있습니다. 빨리빨리 문화의 병폐는 우리 스스로 잘 알고 있습니다. 그 문화에는 인간의 무한한 욕망이 자리하

강동권 **사랑의 빛-순수** 2020, Oil on canvas, 91x116cm

고 있습니다. 벼가 수확되기 위해서는 때가 있는 것입니다. 조장한다고 빨리 수확할 수 있는 것이 아닙니다. 정성을 다하고 기다릴 줄 알아야 합니다. 그래서 진인사대천명盡人事待天命이지요. 자연의 법과 질서가 있다는 것이지요. 그래야 좋은 결실을 맺을 수 있습니다.

제가 자주 지적받는 것 중 하나가 밥을 빨리 먹는다는 것입니다. 밥을 먹는 모습이 다른 사람을 배려하지 않는 식탐이라고 불리는 욕심으로 나타납니다. 부자연스럽고, 소리도 많이 나고, 맛을 제대로 느끼지 못할 때가 많습니다. '몸에 집어넣는 행위지 즐기는 행위는 아니다'는 후회와 반성도 합니다. 특히 맛있는 것을 먹을 때 저는 알아차림 하려고 애씁니다. 그래야 음식의 진정한 맛을 느낄 수 있습니다. 찬물도 느긋하게 들이키면 온몸에 퍼지는 느낌을 즐길 수 있습니다. 먹는 행위처럼 아름다운 삶을 온전히 느끼기 위해서는 천천히 기다리는 여유가 필요합니다. 그래야 온전함을 즐길 수 있습니다. 밥도 맛있게 먹기 위해서는 뜸을 들이는 시간이 필요합니다. 관계도 마찬가지 입니다. 상대를 알아가고 깊은 관계를 갖기 위해서는 느긋하게 바라봐주는 기다림이 필요합니다. 서로를 사랑으로 채워가는 묘수입니다. 자연스러움에는 때가 있습니다. 영원히 사랑하기 위해서는 성급하고 확 타오르는 열정보다는 느긋하게 조용히 기다리는 지혜가 필요합니다. 철이 들었다는 말에 담긴 뜻이 아닐까요?

어떠신가요? 느긋한 여유가 있으신가요? 빠르게 결정하고 즉시 답을 기다리는 성급함보다 곰곰이 되씹어 보는 시간이 필요합니다. 오늘도 사랑을 느긋하게 기다림으로 채워가며 즐겨보실까요?

사랑은 서로의 가슴을 주되
가슴 속에 묶지 않는 것입니다

서로 가슴을 주라.

그러나 서로의 가슴 속에 묶어 두지는 마라.

—칼릴 지브란—

분노와 미움은 짐일 뿐입니다. 용서는 상대를 위해 있는 것이 아니라 자신의 행복을 위한 것입니다. 나쁜 기억, 마음을 상하게 한 기억은 가슴에 묻지 말고 기쁘고 아름다운 기억으로 채우십시오. 소유의 사랑은 가슴에 상처를 담고 서로의 가슴을 아픔으로 묶습니다. 그러나 진정한 사랑은 상대에게 가슴을 열고 마음을 주지만 상대를 묶지는 않습니다.

강동권 **사랑의 향기|20** 2020, Oil on canvas, 97x130cm

살아가는데 쓸모없는 것을 가슴에 주렁주렁 달지 말고 끊어 버리실까요? 육지를 걷는데 배는 필요 없습니다.

가슴에 자유가 있나요? 오늘도 사랑스럽게 마무리해 볼까요?

사랑은

녹아 없어지는 비누와 같습니다

비누는 쓸수록 물에 녹아 없어지는 하찮은 물건이지만 때를 씻어준다.
물에 녹지 않는 비누는 결코 좋은 비누가 아니다.
사회를 위하여 자신을 희생하려는 마음이 없고 몸만 사리는 사람은
녹지 않는 비누와 마찬가지로 나쁘다.
— 존 워너메이커 —

뭔가 베풀어준 분들의 삶은 무언가 다른 측면이 있습니다. 그
분의 살아가는 방식은 좋은 생각을 그대로 실천해내고 다른 사람
을 위해 쓴다는 것입니다. 미국 필라델피아의 가난한 집에서 태
어나 벽돌공에서 백화점 왕이 된 존 워너메이커도 존경을 받을 만
합니다.

불우한 어린 시절 가게에서 천대받았던 기억이 친절과 정직을

앞세운 백화점을 만들게 하였습니다. 또한, 불편한 마을의 진흙 길을 어떻게 고칠까 고민하여, 돈을 아껴 벽돌 한 장씩을 도로에 깔면서 고쳐나가는 주민의 운동이 되게 하였습니다. '생각하라! 그리고 실천하라.'는 신념이 이때 세워지고, 전 세계에 YMCA 건물을 기증하였습니다. 사회를 위해 기꺼이 내어주는 정신은 훈훈하고 아름답습니다. 돈을 번다는 것은 부를 쌓기 위한 것이 아니라 가치 있게 쓰기 위함임을 다시 깨닫게 합니다. 그 아름다움에 감사하는 마음이 샘솟습니다. 재화가 아닌 희생과 봉사로도 사회를 위해 이바지할 수 있다고 생각합니다. 저를 돌아보니 자신의 안위를 위해 욕심을 채우는데 급급했다는 부끄러움이 앞섭니다. 거품이 일지 않아 때를 씻을 수 없는 비누는 비누가 아니듯이 사회에 그 역할을 하지 못하는 사람은 더 이상 사람이라 여길 수 없습니다. 이제부터 저도 제 이익만 챙기지 않고 좀 더 가치 있고 뜻있는 일에 나서 헌신하도록 하겠습니다.

여러분은 어느 곳에서 녹아 없어지는 비누의 역할을 하고 계시는지요? 자신을 사회의 가치와 의미가 있는 일에 기꺼이 내어 놓을 수 있는 희생이 세상을 살 만한 곳으로 만듭니다. 오늘 하루도 열과 성을 다하여 봉사하는 우리가 되었으면 좋겠습니다. 사랑의 화신化身으로 세상의 빛과 소금이 될 테니까요.

강동권 **사랑공간** 2017, Oil on canvas, 65x53cm

진정한 사랑은

영원히 자신을 성장시키는 힘입니다

진정한 사랑은 영원히 자신을 성장시키는 경험이다.

―M. 스캇 펙―

「거짓의 사람들」과 「평화 만들기」의 저자인 스캇 펙은 하바드 대 문학과를 졸업하고 의학박사를 받은 정신과 의사이자 작가입니다. 그는 위에 말한 2권의 책에서 악한 사람은 은폐와 위선의 천재이며, 자신을 반성하거나 성찰하지 않는 게으른 사람이라고 여깁니다. 이들은 거짓으로 사람들에게 고통과 소외, 편견, 분노, 적개심과 갈등을 일으킵니다. 세상에서 '마음이 가난한 사람'들은 자신의 부족함을 반성하고 다른 사람을 받아들일 수 있으며, 자유와 사랑 안에서 공동체를 가꾸는 평화로운 세계를 만드는 주인공이 된다는 것입니다.

그러므로 악의 구렁텅이에서 벗어나는 길은 진실한 사랑을 통한 자신의 성장과 다른 사람들과의 평화로운 공동체를 만들려는 노력입니다. 뭔가를 얻어내려 하거나 상대를 속이려 하는 거짓 사랑이 아닌 진실한 사랑은 순수함 때문에 영혼을 아름답게 키우고 자유와 사랑이 넘치는 평화와 생명의 공동체, 즉 하느님의 나라를 만드는 주춧돌이 됩니다. 그곳은 감사와 은총이 넘치는 천국입니다. 진실한 사랑이야 말로 친밀한 관계로 행복한 공동체를 만드는 기초인 것입니다.

어떠신가요? 상대가 못 미덥고, 미운 마음이 앞서며, 불안과 공포의 지옥과 같은가요? 아니면 진실한 성찰을 통해 우러나오는 가난한 마음으로 다른 사람을 사랑과 평화의 행복공동체에 받아들여, 사랑하며 아름다운 세상을 같이 만들어가는 동지로 여기시나요? 진정한 사랑으로 자신을 끊임없이 성장시키는 여러분을 굳게 믿습니다.

8

사랑이 담긴 칭찬은

마법의 문장입니다

오경민 **Sweet Flower** 2016, Watercolor stitching, 100x100cm

오경민

조선대학교 미술대학과 동 대학교 교육대학원을 졸업하고
개인전 16회와 다수의 단체전에 참여하였다.
꽃을 사랑하는 작가는 하얀 광목천에 다양한 색실로 바느질하여
독특한 느낌의 수채화작업을 완성하며
바느질 작업을 통해 동시대를 살아가는 이들의 마음치유를 위한
하나의 행위 작업으로 '사랑'의 의미를 담는다.

사랑스러운 눈을 가지고 싶다면

상대에게서 좋은 점을 보는 것입니다

사랑스러운 눈을 가지고 싶다면 사람들에게서 좋은 점을 보아라.

— 오드리 햅번 —

세상을 행복하게 사는 방법은 아주 간단하고 분명합니다. 다른 사람의 좋은 점만을 보고 살면 주위의 모든 것이 좋으니 행복할 수밖에 없습니다. 그런데 많은 사람들은 이와 반대로 주위에 있는 사람이나 환경에서 나쁜 점을 많이 보고 찾아내려합니다. 물론 상대의 나쁜 점들이 개선되어 더 친구가 되고 좋은 사회를 만들기도 합니다만 그것의 부정적 영향력이 더 크다고 생각됩니다. 삐뚤어진 왜곡된 눈으로 세상을 불신을 가지고 부정적으로 본다는 것입니다. 온 세상이 지옥이 됩니다. 항시 눈에 힘이 들어가 있으니 곱고 예쁜, 사랑스러운 눈을 가질 수가 없겠지요. 눈에 독을 품게 되니 혐오스러운 눈으로 변해가서 결국 험상궂은 인상이 됩니다. 그러기에 인상은 자신의 삶의 여정이 형성하는 것입니다.

오드리 햅번의 눈을 보면 빠져들 듯이 사랑스럽고 아름다운 눈을 가지고 있다는 것을 모두가 동의할 것입니다. 웃음을 짓는 모습은 훨씬 더 매력적입니다. 돌아가신 저의 아버지도 제일 좋아하는 청순하고 매력적인 배우였습니다. 물론 햅번의 아름다운 미모는 부모님이 원래 주신 것이지만 그 미모를 가꾸어 가는 것은 햅번의 세상을 아름답고 좋은 곳으로 보는 사랑의 눈 때문이 아니었을까요? 사랑을 실천하는 그녀의 삶이 그녀의 눈을 더 매력적이게 했다고 저는 생각합니다. 눈은 본다는 감각을 대표하는 육신이기도 하지만 영혼을 꿰뚫어 보는 마음을 상징하기도 합니다. 세상을 감각의 아름다움에 한정하는 것이 아니라 마음의 아름다움으로 보면 더 빛을 발하고 행복한 세상에서 살게 됩니다. 주위의 모든 사람과 환경을 사랑의 눈으로 바라보는 데 아름답지 않은 것이 어디 있겠습니까? 또한 실제로 영육은 일치되기에 세상을 보는 사랑스러운 눈은 육신의 눈을 좀 더 자애롭고 인자하게 만들며 행복이 넘치는 사랑스러운 눈으로 가꾸어줍니다. 자신도 모르게 아름답고 사랑스러운 눈으로 행복하고 매력적인 인상을 형성하게 됩니다.

사랑스러운 눈을 가지려면 주변에 있는 사람들에게서 좋은 점

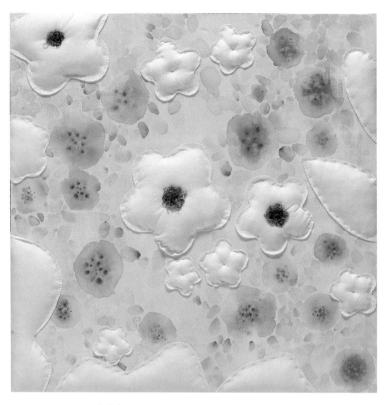

오경민 **Happy** 2016, Watercolor stitching, 100x100cm

을 보는 사랑으로 세상을 바라보는 마음의 성형을 하는 것이 우선입니다. 여러분의 주위가 천국으로 변하여 더욱 행복할 것입니다. 여러분은 진정으로 아름답고 사랑스러운 눈을 가지셨습니다.

사랑은 스스로 채우고 베풀 때
사람이 사람답고 세상이 아름답습니다

사랑은 홀로 설 수 없다.
스스로 사랑을 채우고 이를 베푸는 것, 그때 사람이 사람답고 세상은 아름답다.
─ 발타자르 그라시안 ─

'자신을 먼저 사랑하고 자신만큼 다른 사람도 사랑하라'는 말을 자주 합니다. 혼자 살아갈 수는 없습니다. 관계를 맺고 살아가야 한다면 따뜻한 마음을 주고받고 행복하게 살아야 합니다. 그런데 다른 공동체와 종교집단은 당연하고 심지어 같은 공동체, 같은 종교를 믿는 사람들 사이에서도 명분과 입장, 판단을 앞세우며 다툽니다. 사랑이 계명인 집단조차 질투와 시기가 포함된 분노와 미움이 퍼져 있습니다. 정의라는 이름 아래 벌어지는 전쟁은 누구를 위한 정의인지 안타깝습니다. 승자독식勝者獨食과 다수결이 진정한 정의인가는 많은 생각이 필요합니다.

행복하려면 바라보는 태도가 필요합니다. 그것은 자타긍정의 태도입니다. '나도 괜찮고 당신도 좋다'는 태도가 사랑과 평화를 누리게 합니다. '대접받으려거든 대접해주어라'는 말이 있는데 그에 앞서 자신을 사랑하고 존중해야 합니다. 자신을 사랑과 존중의 에너지로 채운다움 그 에너지를 베풀 때 비로소 건강한 공동체가 열립니다.

나를 소중하고 이 세상에 필요한 존재로 느끼시는지요? 관계하는 분들을 나만큼 존중하시는지요? 각자의 사는 모습이 행복한 공동체를 가꿔 갑니다. 저는 제 자신을 사랑하며, 여러분도 존경하고 사랑합니다. '서로 사랑한다.'는 같은 뜻과 방향으로 남과 하나가 되는 아름다운 길을 걸어가면서 오늘도 행복하세요!

가족의 사랑을 배우는 일이
세상에서 경험하는 가장 멋진 일입니다

세상에 태어나 경험하는 가장 멋진 일은 가족의 사랑을 배우는 것이다.
―조지 맥도널드―

스코틀랜드 태생으로 신학자이자 시인, 동화작가. 루이스 캐럴의 「이상한 나라의 엘리스」에도 의견을 낸 판타지소설의 선구자 조지 맥도널드의 동화작가다운 말입니다. 우리 모두는 태어나서부터 가족의 사랑을 받고 그 힘으로 시련을 딛고 행복을 쟁취합니다. 사랑이 모든 것을 이겨내는 원동력입니다. 가족은 즐거움을 나누는 보금자리이며, 세상의 비난을 받아도 감싸주고 위로해주

오경민 **행복나무** 2021, Watercolor stitching, 65.1x90.9cm

는 안식처입니다. 그러기에 가족은 사랑의 공동체여야 합니다.

아이들이 태어나 처음 대하는 엄마와 아빠의 만남은 인생을 결정짓는 중요한 계기입니다. 사랑이 넘치는 부모를 만난 아이들은 정서적으로 안정되어 행복한 삶을 시작하지만 그렇지 못한 아이들은 정서적 불안 때문에 마음의 상처를 안은 채 살아갑니다. 마음에 평화가 없는 것입니다. 마음에 평화가 없으면 세상과 사람을 바로 보지 못하고 꼬인 눈으로 보게 됩니다. 뒤틀린 시각의 판단과 평가는 상대를 배려하는 마음이 모자라 인간관계를 왜곡하고 어렵게 만듭니다. 반면, 마음이 안정된 아이들은 세상과 사람을 있는 그대로 보기 때문에 상대의 입장도 고려하는 여유가 있고 대인관계도 편안합니다. 친밀한 관계를 맺습니다. 그러기에 태어나서 가장 소중한 것은 가족의 사랑을 경험하는 일입니다. 행복한 삶의 밑바탕이 되기 때문입니다. '당신은 사랑받기 위해 태어난 사람'이라는 노래가 떠오릅니다.

　여러분에게 가족은 사랑인가요? 아니면 아픔과 설움을 떠오르게 하나요? 저는 가족 하면 사랑이 떠오르기에 참 행복합니다. 후자라도 상관없습니다. 과거는 과거니까요? 자신의 삶에 '가족은 사랑'이라는 역사를 새로 쓰면 되니까요. 미움과 아픔을 준 과거의 가족은 이해하고 용서하며 떠나보내면 좋습니다. 지금 여기서 자신과 가족에게 사랑을 베푸는 용기가 있는 선택을 하면 됩니다. 여러분을 이해하고 모든 것을 감싸주는 가족이 있다는 것에 감사하는 마음을 떠올려 보시지요! 사랑으로 행복해질 것입니다.

사랑하되

사랑으로 구속하지 마세요

함께 있되 거리를 두라.

그래서 하늘 바람이 당신들 사이에서 춤추게 하라.

서로 사랑하라. 그러나 사랑으로 구속하지 마라.

그보다 당신들의 혼과 혼의 두 언덕 사이에 출렁이는 바다를 놓아두라.

— 칼릴 지브란 —

영혼이 맑아지고 자유로운 기분을 느낍니다. 흔히 사랑한다고 하면서 서로를 얽어매고 강제합니다. 얽어매는 것은 절대 사랑이 아닙니다. 사랑은 서로의 영혼을 자유롭게 하며 그 안에서 느끼는 축복의 노래입니다. 하늘아래 모든 것이 조화롭게 보이고 존재에 감사하는 은총입니다. 이때 사랑의 아름다움을 치우침 없이 바라볼 수 있고, 시기와 질투도 일어나지 않습니다.

소유所有와 강요强要로 꾸며진 사랑은 거짓의 바위로 덮여 있습니다. 그래서 자신의 것이라는 생각이 들자마자 아름다운 사랑은 사라지고, '너와 나는 하나이니 내 말을 따라주라'고 합니다. 편견에 물든 사랑은 병든 사랑입니다. 사랑으로 세상을 더 아름답게 보는 눈을 갖는 것이 아니라 상대의 흠을 보고 내 안에 가두는데 빠지기 때문입니다. 이것은 집착執着과 연결된 욕심입니다. 지브란은 이것을 날카롭게 알아차리고 '혼과 혼의 두 언덕 사이에 출렁이는 바다를 두라'고 합니다. 그럼으로써 얽어매지 않고 서로 그리워하며 맑은 영혼으로 사랑할 수 있습니다. 상대를 있는 그대로 보고 존중하는 참다운 사랑, 마주보는 사랑을 할 수 있는 것입니다.

어떠신가요? 사랑이라는 이름으로 서로를 사슬에 묶은 적은 없으시나요? 늘 감사하며 상대의 영혼이 자유롭고 아름답게 성장할 수 있도록 애쓰시나요? 이제 와 생각하니 사랑은 서로 아름답게 커가는 것이지 자신을 버리고 희생하는 것도 아니고, 더욱이 상대를 자신의 방식대로 움직이거나 이끄는 것이 아니라 여겨집니다. 영혼을 맑고 아름답게 살찌우는 사랑! 같이 노력해보실까요?

오경민 **코끼리와 태양** 2021, Watercolor on fabric, 90.9x72.7cm

내가 받은 사랑을
되돌려 주어야 합니다

절망의 늪에서 나를 구해 준 것은 많은 사람의 사랑이었습니다.
이제 내가 그들을 사랑할 차례입니다.
— 오드리 햅번 —

2차 세계대전의 어려운 시절, 구호단체의 도움으로 생명을 유지했던 오드리 햅번이 전한 메시지입니다. 겸손하게 '받은 사랑을 되돌려 주는 것일 뿐'이라고 말하고 있습니다. 절망絶望의 순간에 오는 구원의 손길은 세상은 살만한 곳이라는 믿음으로 희망을 줍니다. 더욱이 감사함을 잊지 않고 갚는 일은 거룩합니다.

햅번의 청순한 미소가 마음속 사랑의 빛임을 알게 되었습니다.

어떤 사람들은 어려울 때 받은 사랑과 선처를 당연한 것으로 여기며, 받지 못한 억울함을 강조하기도 합니다. 성숙한 사람들은 받았던 사랑과 은혜를 잊지 않고 돌려줍니다. 자신이 받은 은혜와 사랑을 어떻게든 돌려주어야 사람답다 할 수 있습니다.

저도 많은 분의 사랑으로 형성됐고, 감사하며 되돌림에 대한 책임을 느끼고 있습니다. 그 책임을 다하지 못한 것이 부끄러울 뿐입니다. 저에게 베풀어 주신 사랑에 감사하고 갚을 길을 돌아보며 그 방법을 찾아보아야겠습니다. 그래야 사람노릇을 하는 것이겠지요.

어떠신가요? 지금까지 도움과 사랑을 많이 받으셨나요? 절대자의 크나큰 사랑부터 배고플 때 얻어먹은 밥 한 끼, 어려웠을 때 힘을 주는 따뜻한 말 한마디, 이 모두가 생명의 양식이었겠지요. 오늘도 그 사랑에 감사하며 보답하는 길을 생각해보시면 어떨까요?

사랑은 삶이고 삶은 사랑이기에

사랑은 전부입니다

진실은 말합니다. 사랑은 삶이고 삶은 사랑이라고.
그러므로 사랑은 전부입니다.
—다니엘 스틸—

소설가인 다니엘 스틸은 살아가면서 무엇보다 중요한 것은 사랑이라고 천명闡明합니다. 아무리 힘들고 어렵더라도 누군가를 사랑하며 누군가 자신을 사랑하고 있다고 느낀다면 이 세상은 살 만한 곳입니다. 제 경험도 그렇습니다. 절대자와의 관계든 부모님과의 관계든 친구와 연인의 관계든 중심에는 사랑이 있어 모든 것을 감싸주고 믿게 합니다.

(왼쪽) 오경민 **연리지 시리즈 1** 2020, Watercolor stitching, 40.9x31.8cm
(오른쪽) 오경민 **연리지 시리즈 2** 2020, Watercolor stitching, 40.9x31.8cm

사랑이 사라지면 불신과 시기, 욕심이 미움과 함께 오고, 희망
이 사라지며 절망이 밀려옵니다. 사랑이 있다는 것은 세상을 밝게
할 불씨가 남아 있다는 것입니다. 세상을 사랑의 눈으로 볼 때 희
망이 넘칩니다. 그러기에 세상은 사랑으로 넘쳐야 하고 사랑이 살
아가는 전부가 되어야 합니다. 저와 여러분의 마음속에 사랑이 넘

칠 때 삶은 가치 있고 행복합니다. 증오와 절망의 어둠을 이기는 빛이 사랑임을 다시 생각합니다.

여러분의 마음에 사랑이 넘치시나요? 혹 미움과 시기와 질투가 삶을 흔드나요? 사랑이 넘치시겠지만, 미움과 질투가 있더라도 사랑이 빛이 되어 어둠을 몰아내고 행복을 불러주는 양식임을 명심하며 마음속 사랑의 마음을 북돋아보실까요?

당신 때문에

사랑을 알게 되었습니다

만일 내가 사랑을 알게 되었다면 그것은 당신 때문입니다.

— 헤르만 헤세 —

따뜻한 마음이 피어오르는 것을 느꼈습니다. 하느님의 사랑으로부터 정성과 희생으로 사랑을 베풀어주신 부모님과 바른 지표를 일러주신 은사님, 어려울 때 힘을 준 가족, 형제, 친구, 동료들이 떠오르며 '고맙습니다.'라는 말이 저절로 나왔습니다. 손자들의 티가 없는 사랑스러운 미소도 행복을 줍니다. 사랑은 저를 기쁨에 넘쳐 존재케 하는 위대한 힘이었습니다.

사랑을 안다는 것은 상대를 존경하는 마음에서 생기는 것입니다. 상대를 받드는 것도, 연민을 느끼는 것도, 진심으로 상대를 있는 그대로 모시지 않으면 사랑은 일어나지 않습니다. 오늘 하루 저에게 사랑을 알게 한 그분들을 생각하며 보내려고 합니다. 글을 쓰면서도 사랑을 알게 한 상대를 떠올릴 수 있다는 것이 기쁨에 넘치고 행복합니다. 세상이 살만하고 아름다운 곳임을 새삼 느끼게 하는 힘은 사랑을 가르치고 베풀어 주신 상대가 있다는 것입니다. 그분들의 은덕恩德이 세상을 긍정적으로 바라보게 하고 희망이 넘치게 합니다.

여러분께 사랑을 알게 한 어떤 존재가 있었는지요? 이 질문이 어렵게 느껴질 수 있지만, 자신의 바탕에는 반드시 사랑하는 존재와 사랑을 알게 한 존재가 있습니다. 저와 함께 사랑의 대상을 찾는 행복한 여행을 해보실까요? 자신을 있게 한 '가장 위대한 사랑'을 알게 한 존재이니까요.

오경민 **개망초** 2021, Watercolor stitching, 45.5x37.8cm

가장 아름다운 선물은
사랑이 담긴 마음 즉 정성입니다

타인에게 나누어 줄 수 있는 가장 신비한 선물은
마음이지 결코 지갑이 아닙니다.
가장 아름다운 선물은 정성입니다.
— 탄 쥐 잉 —

　저도 한 때 베풀 수 있는 최선은 물질이라 생각한 적이 있었습니다. 물론 마음이 없으면 물질의 양이 줄어드는 것은 사실이지만 절대적 잣대가 유일한 것이 아니라는 것은 분명합니다. 실제로 끼니를 걱정하며 사는 사람들도 많은데, 이들은 누구에게도 사랑이 담긴 선물을 주거나 베풀 수 없다는 말일까요? 아닙니다. 진실이

252

담긴 미소로, 다정스러운 말 한마디로, 자리를 양보하는 것도 감동을 주는 사랑의 선물이 됩니다.

정성이라는 말이 마음에 닿습니다. 부모님의 지극한 정성이 우리 가슴을 적시는 것처럼 주고받는 선물도 그러했으면 좋겠습니다. 정성이 담긴 선물이 사랑의 표현입니다. 어머님께 잊지 않고 드리는 조그만 용돈이 제 마음을 대신하는 징표라고 생각한 적이 있었습니다. 그런데 제가 아버지가 되고 보니 '식사하셨어요? 추운 날씨에 건강 잘 챙기세요, 생각나서 전화 한 통 했어요, 감사합니다.' 하는 자식의 정이 담긴 밝은 한마디가 뭉클하고 감동케 했습니다. '사랑을 받고 있구나.' 느꼈습니다. 물질적 선물 또한 그 속에 의례가 아닌 정성이 담겨야 빛이 납니다.

글을 쓰면서 어머님께 마음이 담긴 전화를 드려야겠다고 생각했습니다. 물질에 담긴 체면이 아니라 정성을 더 중히 하는 사람이 되겠습니다.

정성이 담긴 사랑의 선물을 하고 계신가요? 같이 해보실까요?

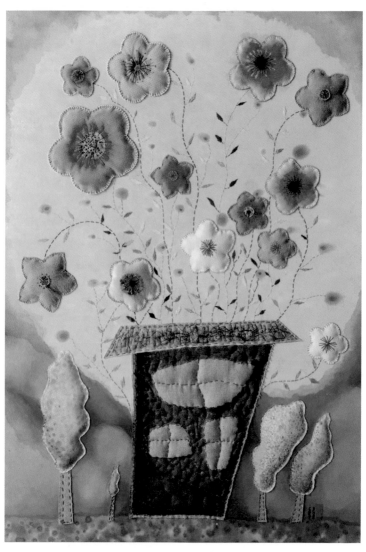

오경민 **웃음꽃 피는 우리집** 2021, Watercolor stitching, 90.9x65.1cm

사랑이 담긴 칭찬은
마법의 문장입니다

칭찬은 평범한 사람을 특별한 사람으로 만드는 마법의 문장이다.

—막심 고리키—

'칭찬은 고래도 춤추게 한다.'는 책을 많은 분들이 읽었을 것입니다. 칭찬이 어떤 사람을 칭찬하는 사람에게 얽매게 하는 좋지 않는 면도 있지만, 누군가에게 인정받고 있다는 사실만으로도 충분히 기쁜 일입니다. 칭찬이 그 사람을 칭찬의 종으로 만들지 않고 어떤 일의 결과에 대한 관심으로 여겨진다면 가치 있는 일입니다. 그러기에 어떤 사람들은 칭찬보다는 과정에서의 격려가 훨씬 중요하다고 이야기합니다. 둘은 상황에 따라 적절하게 쓰여야 합니다. 문제는 살면서 자연스럽게 칭찬하는 법을 익혀야 한다는 것입니다. 사랑이 담긴 칭찬이야말로 진정한 칭찬입니다. 사랑받지 못한 사람이 사랑을 베풀기가 힘든 것처럼 칭찬을 받지 못한 사람은 칭찬을 바라면서도 잘 하지 못합니다. 그럴 때는 자신을 들여다보고 용기를 내 자신이나 상대에게 요청하는 것도 하나의 방법입니다. 다른 사람에게 기댈 필요는 없습니다.

오직 칭찬만이 사람을 특별하게 만드는 것은 아니라고 생각합니다. 때로는 칭찬에 기대기보다는 스스로를 채찍질하거나 각성하고 격려하는 것이 자신을 단련하고 성장케 하기도 합니다. 믿음과 자존감이 높은 사람들에게는 채찍과 비판이 더 도움이 되기도 합니다. 자존감이 높은 분들은 건강한 채찍질을 요청하기도 합니다.

그러나 제 판단이 틀린 경우도 많습니다. 여러 문제로 저와 갈등과 대립하며 아픔을 겪은 분들께 죄송하다는 말씀을 드립니다. 분명한 것은 채찍과 비판보다는 칭찬하는 것이 소통하는 좋은 방법이란 것입니다.

여러분은 칭찬이 좋다고 생각하시나요? 진실이 담긴 충고도 필요하다고 보시나요? 실패에도 용기를 잃지 않게 하는 따뜻한 격려와 지지가 더 필요할 것입니다. 더욱 중요한 것은 사랑이 깊이 담긴 칭찬과 더불어 말입니다.

사람이 사람을 헤아릴 수 있는 것은
사랑의 눈인 마음입니다

사람이 사람을 헤아릴 수 있는 것은
눈도 아니고 지성도 아니고 오직 마음뿐이다.
─ 마크 트웨인 ─

저를 돌아보는 계기가 되는 글귀였습니다. 사람됨의 완성은 무엇에 있을까를 생각하게 하는 구절입니다. 보이는 육신과 물질도 소중하지만, 거기에 자리 잡은 마음이 아닐까 합니다. '사람을 헤아리는 것은 감각에 바탕을 둔 눈도, 이성에 바탕을 둔 지성도 아닌, 오직 마음'이라는 말은 가슴에 와 닿습니다. 마음의 눈으로 세상을 보게 되었다는 것은 완전한 인격체가 되었다는 것입니다. 제

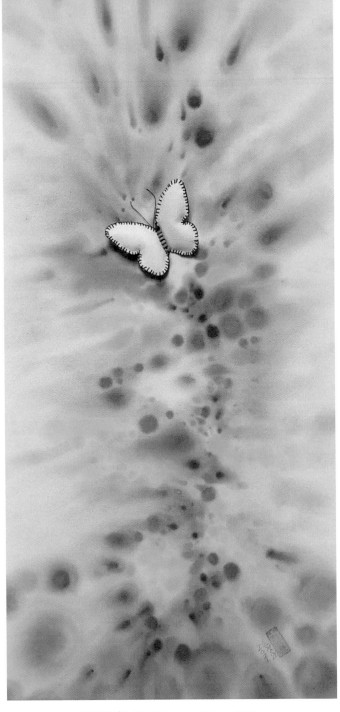

오경민 **봄날 2** 2021, Watercolor stitching, 60x30cm

가 감각과 이성적 논리에 흔들리는 것을 보면 아직도 인격체로 성장하지 못한 것 같습니다. 빛 좋은 개살구라는 말처럼 감각으로 느끼는 현상은 잘못 보게 홀리는 경우가 많습니다. 감각은 포장된 세계를 잘못 느낄 뿐만 아니라 내면은 볼 수 없기에 참다움과 다르게 인식할 수 있습니다. 왜 인상파가 나왔을까요? 사물을 느끼는 것이 때때로 다르고, 마음상태에 따라서도 다를 수 있으니까요. '제 눈에 안경'이라는 말이 이를 두고 하는 말입니다. 사물에 대한 판단도 다르기에 보편적으로 아우르는 것은 어렵습니다. 지성도 마찬가지입니다. 논리와 합리의 세계는 그럴듯하지만 모든 문제를 논리로 의미와 가치를 체계화하기는 불가능합니다.

그러기에 감각과 논리를 떠난 마음의 세계가 중요합니다. 마음을 헤아리는 것이 힘들고 어렵지만 이해하고 보듬으며 함께할 공간을 만들어 소통하는 일이야말로 마음으로만 가능한 일입니다. 이때 긍정적 의미의 '제 눈에 안경'이 빛을 발합니다. 감각과 논리와 이해타산利害打算을 떠나 세상을 보게 하는 것이 마음입니다. 어쩌면 마음은 머리와 가슴이 하나가 된 자리에 있을지 모릅니다. 차가운 이성과 예민한 감각이 가슴에서 하나 될 때 삶의 향기가 피어날 겁니다.

옛말에, 사람을 볼 때 먼저 몸과 자세를 보고, 다음에 말씨를 살펴보며, 그다음에는 글씨를, 마지막에는 판단력을 본다 했습니다. 눈에서 시작하여 지성뿐만 아니라 마음까지 사람됨을 종합해 평가한다는 것을 알 수 있습니다. 관상觀相도 인상, 수상手相, 족상足相만 보는 것이 아니라 심상心相까지 보면서 으뜸을 심상에

두었습니다. 이처럼 마음씨의 중요성은 아무리 강조해도 지나치지 않습니다. 「박씨부인전」도 성형이 안 되는 시절 외모가 갑자기 변할 리 없건만 나중에 아름다워졌다는 것은 마음씨의 아름다움이 으뜸이라는 것을 강조한 것 아닐까요? 외모를 아름답게 가꾸는 것도 중요하지만, 외모에 집착하여 마음씨를 가꾸는 일에 소홀한 것은 안타까운 일입니다. 어머니가 가슴속에 아름답게 남아있는 것은 외모보다도 지극한 정성과 사랑의 마음씨 때문일 것입니다. 사람을 헤아리는 마음의 눈을 소중히 가꾸는 일에 힘써야겠습니다.

여러분은 마음의 눈으로 세상을 보시나요? 감각과 이성의 눈으로 세상을 보시나요? 저도 한 때 감각과 논리로 잘난 체, 폼생폼사에 빠져 허우적거렸습니다. 이제 생각하니 다 헛것입니다. 저는 아직도 부족해 논리적 판단으로 '욱'하여 상처를 주기도 합니다. 많이 반성합니다. 감각과 이성의 눈을 더욱 빛나게 하는 것은 마음의 눈이라 확신합니다. 왜냐하면 마음의 눈에는 사랑이 있으니까요. 저도 상대를 꼬아 보지 않고 마음의 눈으로 세상을 따뜻하게 볼 수 있도록 수양修養하고 가꾸려는데, 함께 하실까요?

9

사랑은 나를 좀 더

좋은 사람이 되게 합니다

조문현 **달항아리가 있는 풍경** 2020, 캔버스에 아크릴, 65.2x91cm

조문현

전남대학교 예술대학 미술학과를 졸업하고
조선대학교 대학원에서 문화예술학을 전공하였다.
개인전 15회와 단체전 300여회에 참여하였고
박완서 소설 '부처님 근처'에 작품을 수록하였으며
대한민국 미술대전 심사위원을 역임하였다.
한국을 대표하는 도자문화인 달항아리와 자연을 소재로
작품활동을 하고 있다.

사랑하는 사람과 살기 위해서는
상대를 변화시키려 해서는 안됩니다

사랑하는 사람과 사는 데는 하나의 비결이 있다.
상대를 변화시키려 해서는 안 된다는 것이다.
— 샬돈느 —

사람을 만나서 사랑하게 되는 이유 중에 하나가 같은 점이 많아서 이기도 하지만 다른 점이 좋게 보였기 때문 일 수도 있습니다. 이런 경우에는 다른 점 때문에 삶의 지평地坪이 넓어지고 행복해 지기도 합니다. 단, 조건이 있습니다. 상대의 생각과 행위에 대한 평가나 판단을 하지 않고 '있는 그대로' 받아들이는 자세가 뒷받침되어야 합니다. 어려운 일입니다. 연애할 때는 배려하고 존재를 인정하기 때문에 다른 것에서 발생하는 문제가 없을 수 있습니다. 그런데 서로가 어느 정도 관계가 익숙해지면 자신의 요구와 바라는 것에 동의하고 일치하는 것이 당연한 것이고 상대의 의무라는 이름으로 얽매기도 합니다. 이에 동의하지 않을 때 사랑이 식었다고 판단하지만 사실은 자신의 욕심이 상대를 변화시키는데 실패한 것을 나타낼 뿐입니다.

'상대방을 변화시키려 해서는 안 된다.'는 비결은 매우 현명합니다. 저는 '안 된다'는 말을 조금 싫어해서 '상대의 모습을 있는 그대로 인정하고 받아들이라.'고 바꾸고 싶긴 합니다. 그것이 말처럼 쉬운 일은 아닙니다. 저는 우리 인간들이, 좋아하고 싫어할 수는 있지만 옳고 그름을 정확히 가려낼 수 있는 능력을 갖추고 있다고는 보지 않습니다. 특히 자신은 옳고 다른 사람이 틀렸다고 하는 것은 더욱이 아니라고 봅니다. 자신의 의견이 존중받기를 원하는 만큼 상대의 의견도 존중해야 합니다. 여러분이 상대를 변화시키려 하는 만큼 상대도 여러분이 변화하기를 바랄 것입니다. 부부상담에서도 자신의 문제를 반성하기보다는 상대방이 변해야 문제가 해결된다고 하는 경우가 많습니다. 이러한 생각과 느낌으로 행동하면 갈등에 대한 해결점을 찾을 수도 없고 문제해결을 위한 아무런 변화도 일어나지 않습니다. 결국은 부부 각자가 상대의 문제를 지적하기보다는 자신의 변화를 인정하고 받아들이는 순간 상담은 제대로 시작되어집니다. 이렇듯 문제를 해결하는 방법은 두 가지입니다. 헤어지든지 아니면 다름을 받아들이며 조화롭게 사는 것입니다.

조문현 달항아리가 있는 풍경 2 2020, 캔버스에 아크릴, 45x84cm

저는 저와 같은 생각과 행위를 하는 사람을 만들기 위해 상대를 변화시키기보다는 저와 다른 사람과 어울려 사는 것을 택하렵니다. 어려움도 있지만 이해와 수용이 있다면 삶의 지평이 넓어질 테니까요. 상대에게 이해를 바랄 수는 있지만, 상대를 변화시켜 생각과 느낌과 행위를 같이 하기는 힘듭니다. 변화시키려는 과정에 갈등이 생기며, 변화가 있다 하더라도 마음에서 우러나온 것이 아니면 언젠가 폭발할 수 있는 미해결된 감정의 찌꺼기가 앙금으로 남아있을 겁니다. 상대를 변화시키려 하기보다는 상대방을 있는 그대로 이해하고 받아들이는 노력이 중요한 것 같습니다. 여러분은 어떠신가요?

사랑은 스스로 어떤 사람이 되어야 하는지를
보여줍니다

사랑은 스스로 어떤 사람이 되어야 하는지를 보여준다.

—안톤 체홉—

19세기 러시아 사실문학의 대표 작가이자 현대 연극을 창시한 극작가 안톤 체홉의 체험에서 우러나온 말인 듯합니다. 사람마다 사랑하는 방식이 다르다고 하지만, 사랑은 배려하고 감싸주고, 더 주고 싶은 마음이 생기며, 고통을 대신 받고 싶으며, 온마음으로 지지하고 싶고, 끝까지 믿고, 속이더라도 '이유가 있겠지' 하고 이해하는 마음이 생기는 것입니다.

꾸짖고 때리는 엄격한 아버지로부터 보호하고 감싸준 어머니, 재능을 보고 지지한 드미트리와 로비치로, 경제적, 정신적, 문학적 후원자로서 후원의 모범을 보여준 슈보린, 죽을 때까지 곁에서 지켜준 올가 크니페르로부터 사랑을 터득攄得했을 것입니다. 사랑을 하면 다 주고 싶은 마음이 든다는 것은 맞는 말입니다. 계산이 시작되면 사랑이 식은 것입니다. 사랑은 스스로가 어떤 사람이 되어야 하는가를 아름답게 결정짓게 합니다. 상대에게 같은 고민과 문제가 있을 때, 사랑하는 경우와 그렇지 않은 경우를 비교해서 보면 금방 알 수 있습니다. 제 경험으로는 사랑이 있으면 '문제'의 대부분은 문제가 아닙니다. 해법도 너무 쉽습니다. 문제를 해결한다는 자체가 기쁨입니다. 그러나 사랑이 없으면 문제 아닌 것도 갈등의 요소가 되고 쉽게 풀리지 않습니다. 사랑이 모든 걸 참아내며 감싸주는 힘을 가지고 있기 때문입니다. 사랑하는 마음을 온전히 갖고 있다는 것만으로도 행복합니다. 스스로가 여유롭고 즐겁기 때문입니다.

여러분은 사랑하고 계신가요? 소유나 욕심이 아닌 해맑은 사랑이 있으신가요? 그러면 안식과 평화가 있을 겁니다. 사랑을 하면 모든 것을 다 주어도 아깝지 않으니까요. 사랑은 하느님을 비롯해 부모·형제, 부부, 남녀노소와 자연까지도 포함하여 공경하고 귀하게 받들어 모실 것이기 때문입니다. 우리 모두 사랑의 힘을 믿고 계속 사랑하실까요. 사랑 때문에 나날의 삶이 기쁨에 넘쳐날 것입니다.

조문현 **자연의 노래** 1 2021, 캔버스에 아크릴, 27.3x34.8cm

사랑은 나를

좀 더 좋은 사람이 되게 합니다

멜빈 유달: 당신은 나를 더 좋은 사람이 되고 싶어 하게 만들었어요.

캐롤 코넬리: 그 말이 아마 내 인생에서 가장 큰 찬사입니다.

— 영화 '이보다 더 좋을 순 없다(As good as it gets)' —

제가 정신건강론 시간에 보여주기도 하고 꼭 보라고 추천하는 영화 '이보다 더 좋을 순 없다'에서 나오는 위의 명대사는 강박성 인격장애를 가진 멜빈 유달 역을 맡은 잭 니콜슨이 한 명대사입니다. 사랑하는 여인에게 하는 자신의 진짜 속마음을 보여주는 말입니다. 아름다운 변화를 일으키는 관계에 대한 중요성을 깨우쳐줍니다. 신영복 선생님도 「감옥으로부터의 사색」에서, 결혼을 앞둔

조문현 **자연의 노래-봄날** 2021, 캔버스에 아크릴, 27.3x34.8cm

여인이 친구에게 들은 결혼을 결심한 이유로 '그 사람과 살게 되
면 내가 더 좋은 사람이 될 수 있다는 확신이 들기 때문이야.'라는
말을 전하셨습니다.

　희노애락애오욕喜怒哀樂愛惡慾은 어쩌면 관계 속에서 생긴다고
해도 지나친 말이 아닙니다. 자본주의에서의 관계는 자본과 노동
의 관계를 앞세우는 경향이 있습니다. 이해관계지요. 결혼도 직
장도 집단도 계급이 지배하고 있습니다. 문제는 경제적 조건을 삶

의 요소 중 하나로 보는 것이 아니라 전부로 착각한다는 데 있습니다. 빵이 중요하지만, 빵만으로는 살 수 없지요. 인간적으로 공감하는 관계가 그립습니다. 서로를 따뜻하게 감싸주고 약자를 더 배려해주는 관계 말입니다. 이러한 관계를 통해 우리의 내면이 아름다워지고 진정으로 서로 성장하겠지요. 저부터 반성하며 진정한 사랑이 내재된 관계를 통해 더 좋은 사람으로 변화할 수 있도록 노력하겠습니다.

읽으면서 어떤 느낌을 받으셨습니까? 존중하고 동등하게 대접하며 따뜻하게 보살피며 아름답게 변화하는 관계이신가요? 혹 경제적, 사회적으로 뭔가를 얻고 대접받는 것이 많은 관계이신가요? 부끄러운 저와 함께 '더 좋은 사람이 되고 싶게 만드는 관계'를 갖도록 함께 노력해 보실까요?

진정한 사랑의 '섬김'은
섬김을 의식하지 않고 봉사하는 것입니다

자신이 섬기고 있음을 의식하지 않으면서 봉사할 수 있는 사람은
뛰어난 '섬김이'다.
— 블라비스키 —

다른 사람에게 봉사할 수 있다는 것은 축복입니다. 주의할 것
은 내가 돌봐주고 있다는 자만에 빠지지 않는 것입니다. 도와준다
는 것을 자신이 잘났거나 뛰어난 것이라고 생각하는 순간 봉사와
섬김의 축복은 사라집니다. 은근히 인정받고 싶은 욕구가 생기게
되면 봉사라는 선행은 순수성을 잃어갑니다.

'봉사하면서도 섬기고 있음을 의식하지 않는 사람'은 진정한

의미의 사랑을 실천하는 것입니다. 하대下待하지 않고 존경하며 모신다는 것은 진실로 섬긴다는 것입니다. 저도 가끔 봉사활동에 가서 상대를 불쌍히 여기는 경우가 있는데, 반성해야 할 점입니다. 자신이 베푸는 것에 상대가 당연히 고마워해야 하고 그렇지 않으면 은혜도 모르는 사람이라고 생각하며 봉사하면 그 봉사는 헛된 것입니다. 뽐내거나 나타내려는 마음으로 봉사하는 것은 진정한 봉사가 아닙니다. 나쁜 짓을 하고도 쇼하듯이 하는 봉사를 자주 보셨을 것입니다. 성서에서 '오른손이 하는 일을 왼손이 모르게 하라.'고 한 것도 참다운 봉사를 깨우쳐 줍니다. 사랑의 한 표현인 진정한 봉사는 봉사를 하면서도 섬기고 있다고 느끼지 못하는 것입니다.

어떠신가요? 저를 많이 돌아보았습니다. 부끄럽게도 상대방이 모르게 베풀어 놓고도 속으로는 은근히 알아주기를 바란 적이 많았고, 고마움을 표현하지 않을 때 속상한 적도 있었습니다. 아직 진정으로 모시고 섬기지 못하는 성숙하지 못한 속물인 것이지요. 인간은 하느님의 모양대로 빚어졌고 하느님을 모시고 있습니다. 저부터 하느님을 섬기듯 다른 사람을 섬기고 받드는 사랑을 몸에 익혀 나가겠습니다.

세상을 사랑으로 아우르고

더불어 삽시다

부드러움이 억셈을 이기고 약함이 강함을 이긴다.
그러므로 혀는 오래 가나 이는 억세어서 부러진다.
―명심보감―

옛날 저희 집의 현관에 '이기기를 좋아하는 사람은 반드시 적을 만난다.'는 말이 붙어 있었습니다. 어머니는 늘 '지는 것이 이기는 것'이라고 하셨습니다. 대립과 갈등보다는 포용包容과 배려에 바탕을 둔 부드러운 관계가 필요함을 깨우쳐 줍니다.

어떤 사람들은 세상을 '모' 아니면 '도'식의 분명하고 똑 부러지게 살아야 한다고 주장합니다. 저도 애매한 태도보다는 입장을

조문현 **달항아리-상생** 2021, 한지에 아크릴, 130.3x162cm

분명히 하는 편이 좋다고 봅니다. 다만, 말하고 싶은 것은 자신의 견해만이 옳고 정의롭다는 치우침에서 벗어나야 한다는 것입니다. 여러 입장이 있을 수 있다는 가정 아래서 상대의 입장을 충분히 이해하고 자신의 입장을 주장하고 설득하는 시간을 가지는 여유가 필요합니다. 상대방을 수용하고 그의 이야기를 잘 듣는 것이 약하게 보일지 모르지만 서로 배척하고 대립하는 방법보다는 조화롭게 풀어갈 여지를 주는 지혜라고 생각합니다. 성급하고, 미리 판단하는 태도는 많은 모순을 부릅니다. 상대를 부숴버리는 '단단한 이'보다는 상대를 인정하는 '부드러운 혀'가 중요합니다. 상대를 받아들이는 부드러움이 지는 것처럼 보일지 모르지만, 세상을 사랑으로 아우르고 더불어 사는 실마리입니다.

어떠신가요? 강자와 선명함이 바람직하다고 보시나요? 변하면 안 된다고 생각하시나요? 주장은 분명히 하되 상대의 입장에 부드럽게 응하는 것이 좋다고 보시나요? 저는 후자의 입장입니다. 마음 깊이 사랑이 있는 사람은 부드러움으로 더불어 행복할 수 있습니다.

하찮은 선행이 모여
큰 사랑이 됩니다

우리가 하는 일은 바다에 붓는 한 방울의 물보다 하찮은 것이다.
하지만 그 한 방울이 없다면 바다는 그만큼 줄어들 것이다.
— 마더 테레사 —

가끔 권태로울 때는 제가 하는 일의 가치가 하찮은 것이라는 생각에 빠지곤 합니다. 이때 보잘것없는 제 삶을 희망으로 바꾸어 주는 의미 있는 메시지입니다. 사소한 것의 연속이라 할지라도 그것이 다른 사람에게 순간이나 하루의 삶에, 길게는 평생 동안 영향을 미칠 수 있습니다. 어깨가 처져있을 때 상대방이 쉽게 던진 깔보는 말은 평생 상처로 남아있으며, 따뜻한 격려가 담긴 한마디

조문현 **자연의 노래 2** 2021, 캔버스에 아크릴, 27.3x34.8cm

는 용기를 내어 다시 일어서게 하는 힘이 됩니다.

　글을 읽으며 다시 제 삶의 태도를 돌아보았습니다. 하찮은 문제는 물론이고 상대방이 심각하게 생각하는 문제조차도 별문제 아니란 듯 여긴 적이 많았던 것 같습니다. 거꾸로 제 문제를 상대방이 하찮게 여기고 무시할 때는 분노하였습니다. 어리석은 사람이지요. 상대방이 배고플 때, 상대방이 어려움에 처해 있을 때 상대방이 도움을 받고 있다는 것을 눈치 채지 못하도록 사랑을 주는 일이 소중히 다가옵니다. 우리는 자신의 어리석은 행동은 하찮은 것으로 여기고 자신이 베푼 조그만 선행을 부풀리기도 합니다. 한 방울의 물이 바다를 채우고 유지시킨다면 맑은 한 방울의 물이었으면 좋겠습니다. 그 물이 사랑입니다. 하찮은 선행과 사랑의 실천이 모여 큰 사랑이 됩니다. 성녀 테레사 수녀의 말씀을 되새기며 영혼이 맑고 깨끗한 '하찮은 존재'가 되리라고 다짐해봅니다.

여러분은 어떻게 나날을 살아가시나요? 사소한 행위라도 세계를 아름답게 하는 한 방울의 물임을 잊지 말고 좋은 말, 넉넉한 미소, 이해와 배려로 넘치는 사랑이 담긴 하루하루를 가꿔 보시면 어떨까요? 오늘도 행복하세요.

누군가의 배경이 되는

사랑을 합시다

살아가면서 가장 아름다운 일은 누군가의 배경이 되어 주는 일이다.
별을 빛나게 해주는 까만 하늘처럼, 꽃을 더욱 돋보이게 하는 무딘 땅처럼,
함께하기에 더욱 아름다운 연어떼처럼.

—안도현—

사람들이 안도현 시인을 좋아하는 이유를 알겠습니다. 착하고
따뜻한 마음이 싯구 곳곳에 담겨 쉽고 포근하게 다가오기 때문입
니다. 삶을 은유隱喩하면서 반성적 감동을 주는 매력이 담겨 있습
니다. '연탄재 함부로 발로 차지 마라. 너는 누구에게 한 번이라
도 뜨거운 사람이었느냐.'는 구절에서 저의 못됨을 보기도 했습
니다. 사랑을 주는 것보다 받는 것에 익숙하고, 양이 차지 않을 때

상대를 흠을 잡는, 수준 이하의 이기적인 저를 반성합니다.

자신을 위해 누군가에게 희생을 강요하고 도움을 받으려고 하는 수단적, 이기적 관계가 아니라 마음속에 뜨거움을 간직하고 사랑을 실천하는 사람이 아름답습니다. 자신이 주인공이 아니라 다른 사람의 배경이 되는 일을 즐겁게 하는 삶도 그렇습니다. 어둠이 별을 빛나게 하고, 무딘 땅이 꽃을 돋보이게 하고, 조연이 주연을 빛나게 하듯 배경이야말로 대상을 꽃피우는 바탕입니다. 이러한 관계를 자연스럽게 맺는 공동체는 함께하는 아름다움을 누릴 수 있습니다.

제가 뜨거움을 간직한 채 상대의 배경이 되려고 얼마나 노력했었던가를 반성합니다. 만약 어떤 이에게 저를 빛내주는 배경이 될 것을 요청했다면 용서를 빌고 싶습니다. 이제 다른 사람의 배경이 되도록 살겠습니다. 스스로 낮추려 하면 높아질 것이라는 말이 떠오릅니다. 문명의 불빛이 하늘의 찬란한 별빛을 보지 못하게 하듯이 내 마음의 욕심과 무명이 아름다운 삶을 가로막는다는 것을 다시 깨닫습니다.

여러분은 아름다운 배경이 되셨나요? 혹 자신을 돋보이게 해주지 않은 사람들을 욕하며 힐난한 적은 없으시나요? 나름의 사정과 어리석음이 보물을 보지 못할 수도 있음을 인정하고, 먼저 내가 다른 사람의 배경이 되는 아름다운 모습을 가꾸어 볼까요?

조문현 **달항아리가 있는 풍경** 2021, 한지에 아크릴, 130.3x162cm

당신 자신을 내어주는 것이
진정한 베풂이자 사랑입니다

당신이 가진 것을 주는 것은 작은 일에 불과하다.
당신 자신을 내어 주는 것이 진정한 베풂이다.
— 칼릴 지브란 —

한없이 부끄러웠습니다. 가진 것을 나누는 것도 제대로 못 하는데, 자신을 내어 주는 것이 진정한 베풂이라고 하니 더욱 부끄러웠습니다. 어떤 것을 베푼다는 것은 자신을 낮추는 겸손이 몸에 배야 가능합니다. 인정받고 싶은 마음이나 우월감이 마음속에 있으면서 베푸는 것이 수전노守錢奴보다는 나을지 모르지만, 사랑이 담긴 진정한 베풂이 아니라면 또 다른 위장입니다.

흔히 인간관계가 틀어지는 경우를 보면 잘 해줬는데 상대가 그 것을 몰라주거나 인정하지 않는 때입니다. 이때 상처를 받고 배신 감을 느끼며 때로는 잘해줄 필요 없다는 분노가 일기도 하기 때문 입니다. 이렇듯 베풀면서 온전히 자신까지 내어주기가 힘듭니다. 온전한 사랑을 가진 사람만이 가능한 베풂의 특권입니다. 우선은 가진 것을 조금이라도 베풀면서 어떤 것도 바라지 않는 마음을 갖 는 연습을 해야 합니다. 기부를 하면서 '그렇게 했더니 더 많은 보 상이 오더라.'는 계산이 숨겨있는 경우가 있습니다. 저도 가끔은 약자를 위해 베풀면 전능한 하느님이 도와서 제 일이 잘될 거라는 헛된 믿음을 가진 적도 많았습니다. 그런데 선행을 베푼 뒤 제 일 이 잘 되는 것은 하느님의 은총 때문인지 아닌지 제 능력 밖의 문 제입니다. 분명한 것은 베풀었다는 기쁨과 이기적인 욕심이 사라 지니 불편함이 사라지고 행복한 기운이 퍼졌습니다. 또 사물과 사 람을 편견 없이 보는 힘이 생겨서 여유롭고 좀 더 넉넉하게 세상 을 보기 때문에 문제해결능력이 좋아진 것입니다. 자신을 상대에 게 내어주는 것은 진정한 베풂이기도 하지만 그로 인해 영혼이 맑 아지는 축복을 받습니다.

여러분은 작은 일이든 큰 일이든지 베풀 때 온 마음을 담아주시 나요? 아니면 그 밖의 다른 요인들이 더 많이 작용하나요? 쉽지 않지만 상대에게 인정받고 대접받는 베풂보다 아무것도 바라지 않고 온전히 내어주는 베풂 자체가 축복이라는 것을 마음에 새겨 놓으면 어떨까요?

사랑의 힘으로 하나의 선행은

또 다른 선행으로 이어집니다

세상의 어떤 선행도 그 자체로 끝나지 않는다.
하나의 선행은 또 다른 선행으로 이어진다.
— 아멜리아 에어하트 —

대서양 횡단에 성공한 최초의 여성 비행사로 '하늘의 퍼스트 레이디'라 불리는 에어아트의 말은 왜 선행을 해야 하는가를 설명해줍니다. 베푸는 것도 받는 것도 다 행복하고 기쁜 일입니다. 선행은 사랑의 또 다른 표현입니다. 제가 누군가의 도움을 받고 갚으려 했더니 도움을 주셨던 분이 '다른 사람에게 베풀어 주라'고 하셔서 다른 사람에게 도움을 준 적이 있습니다. 또, 저의 잘못을

조문현 **자연의 노래 3** 2021, 캔버스에 아크릴, 27.3x34.8cm

용서해준 분의 보답으로 다른 사람이 제게 한 잘못을 기꺼이 용서
해준 기억이 있습니다. 이렇듯 하나의 선행은 또 다른 선행으로
세상을 아름답게 합니다.

　예전에 방송과 사회에서 칭찬릴레이를 한 적이 있습니다. 의도
적이긴 하지만 칭찬을 한다는 것은 상대의 긍정적인 면을 보고 장
려해주는 바람직한 일입니다. 그러기에 칭찬릴레이는 관계에 긍
정적 영향을 미친 사회운동이었다고 봅니다. 하물며 선행은 더 잔

잔한 감동을 일으키고 기회가 있을 때 실천으로 옮기는 큰 파장이 됩니다.

에어하트의 도전도 마찬가지입니다. 당시 남성의 영역이었던 비행사에 도전하여 성공함으로써 여성들에게 금기禁忌에 도전하는 용기를 심어주었습니다. 세상이 아름다운 것은 미약한 첫 도전과 선행이 메아리가 되어 창대해지기 때문입니다. 사소한 선행이라도 영향력이 크다는 점에 눈을 맞추어 삶을 꾸려갔으면 합니다. 미래 세대들에게도 무엇을 권유하고 강요하기보다는 먼저 좋은 본보기가 됨으로써 그 선행을 잇게 하는 것이 길이 아닐까요?

여러분은 어떤 기억과 경험이 있으신가요? 세상에 소금과 빛의 역할을 하고 계신가요? 부끄럽습니다만 저는 지금부터라도 선행의 영향력을 믿고 실천하렵니다. 아름답고 행복한 세상을 남기는 것이 의무라 여기기 때문입니다.

사랑의 표현인 나눔은

우리를 '진정한 부자'로 만듭니다

나눔은 우리를 '진정한 부자'로 만들며
나누는 행위를 통해 자신이 누구이며 또 무엇인지를 발견하게 된다.
— 마더 테레사 —

진정한 부자는 베풀고 나눌 줄 아는 여유 있는 사람입니다. 많이 가지고 있으나 소유에 그치면 그 사람은 여전히 가난합니다. 욕망은 끝이 없고, 그 욕망 때문에 늘 가난합니다. 그러기에 베푸는 사람이 진정 부자의 마음을 누릴 수 있는 것입니다.

저도 욕심을 내려놓겠다고 하면서도 갖고 싶은 것이 나타나면 어떻게라도 갖겠다는 마음이 들어, 뭔가를 갈망하는 부족하고 가난한 사람이 되고 맙니다. 만족하지 않고 늘 부족하다고 느끼는 사람이 가난한 사람입니다. 마음이 가난한 사람은 오히려 욕심을 내려놓고 마음을 부자로 만들어 행복하고 기쁘게 살려고 합니다. 그래서 마음이 가난한 사람들이 행복하고 천국이 그들의 것입니다. 물질적으로 가난하다고 느끼는 사람은 탐욕에 눈이 멀어 늘 불만입니다. 삶 자체가 재화를 더 얻기 위한 대립과 갈등이 넘치는 지옥입니다. 사랑이 없으면 나눌 수 없습니다. 그러나 조금밖에 가지지 않았어도 감사하는 사람은 가진 것을 나누는 행복을 누립니다. 나누면서 사람들은 보람과 기쁨을 느끼고 세상에서 어떤 의미를 가진 존재인가를 깨닫고 즐거워합니다. 저 역시 욕심 많은 부족한 사람이지만 가끔 욕심을 채우려 했을 때보다 다른 사람에게 양보하고 베풀었을 때가 훨씬 마음이 가볍고 충만함을 느꼈습니다.

여러분은 나눔을 실천하는 진정한 부자이신가요? 아니면 부족하다 느껴 채우려고 노력하는 가난한 사람이신가요? 저도 부끄럽습니다만 나눔을 실천하는 '마음의 천국'을 세워야겠습니다. 오늘도 마음이 부자인 행복한 사람이 되시길.

10

편견과 오만은

사랑의 장애물입니다

신호재 **Rumination** 2018, Acrilyc on canvas, 50x73cm

신호재

전남대학교 미술대학과 조선대학교 교육대학원을 졸업하고
개인전 33회, 아트페어 13회, 단체전 500여회를 참여했다.
사랑과 예술적 지점으로 자연을 대상으로 삼는데
해·달·산·강·구름으로 이루어진 경물(景物)들이
서로 뗄 수 없는 관계로 한없이 부유(浮游)하기 때문이다.
고유한 동양적 상징성을 음양의 구도를 차용하여 표현하고 있다.

이별의 아픔 속에서만
사랑의 깊이를 알게 됩니다

이별의 아픔 속에서만 사랑의 깊이를 알게 된다.
— 조지 엘리엇 —

19세기 영국 빅토리아시대를 대표하는 소설가인 엘리엇은 예술적이며 심리적 묘사가 뛰어난 20세기 문학의 선구자 역할을 했습니다. 유부남이었던 비평가 헨리 루이스와의 내연관계는 주변으로부터 따돌림과 비난을 받았습니다. 그로인해 종교적인 정조, 합리적인 인생비평을 담은 소설을 쓰게 된 계기가 되었습니다. 어쩌면 윗글은 그녀의 체험이 담긴 자전적自傳的 이야기인지도 모릅

신호재 **Rumination-Road** 2019, Acrilyc on paper, 90x160cm

니다. 폭넓게 해석하면 사랑하는 사람과의 헤어짐은 사랑의 깊이
를 헤아리게 합니다.

　'노무현입니다'라는 영화를 봤는데 저를 비롯해서 많은 사람들
이 이 다큐멘터리 영화를 보고 눈물을 흘렸습니다. 왜일까요? 그
의 꾸밈없는 진실한 인간적인 사랑이 와 닿았기 때문입니다. 그가
우리를 영원히 떠났지만, 우리 가슴 속에 사랑이라는 이름으로
살아서 남아 있습니다. 김수환 추기경도 가셨지만 가슴에 함께합
니다.

　저는 돌아가신 아버지와 참 많은 대화를 나누고 사랑을 많이 받

았습니다. 어머니의 사랑이 바다 같다고 합니다만 아버지의 하늘 같은 사랑이 제 마음속에 남아 있습니다. 그러기에 좋은 일이든 나쁜 일이든 아버지의 빈자리가 크기만 합니다. 살아생전에는 몰랐지만, 아버지의 빈자리가 크다는 것이 '사랑이 빈 곳'이었습니다. 사랑하는 사람이 있을 때 마음이 넉넉하고 기뻤지만, 곁에 없게 되면 상처가 되고 허전해집니다. 그러기에 어떤 사람을 깊이 사랑한다는 것은 넘치는 기쁨이기도 하지만 이별의 아픔을 감당해야 하는 두려움이기도 합니다.

사랑하고 사랑받는다는 것은 축복입니다. 이별의 슬픔이 두려워 사랑에 빠지려 하지 않는 바보는 없겠지요?(^^) 순수한 사랑은 마음 속 깊은 곳에 언제나 살아있고, 삶의 기쁨이 되고 에너지가 됩니다.

이별의 아픔 속에서 사랑의 깊이를 느껴보신 적이 있으신가요? 그것이 슬픔의 성장에 어떻게 영향을 줬나요? 그 슬퍼도 아름다웠던 기억으로 사랑을 더 아름답게 가꾸어 보실까요?

진심에서 나오는 배려가
단 하나의 사랑의 명약입니다

마음을 자극하는 단 하나의 사랑의 명약,
그것은 진심에서 나오는 배려다.
— 메난드로스 —

배려配慮, 말 그대로 짝을 생각하는 것입니다. 자신이 하고 싶은 일이나 싫어하는 일이 포함된 어떤 행동, 생각, 느낌에서든지 상대를 고려한다는 것은 쉬운 일이 아닙니다. 말로는 '당신의 입장을 배려했다.'고 하지만 어느 정도는 계산이 깔린 경우가 많습니다. 진심에서 나오는 배려는 진실한 사랑을 나타낸 것입니다. 사랑하는 사람을 위해 죽음까지도 버리는 배려가 담긴 '타이타닉'

을 보며 감동을 받는 것은 우리 마음을 아름다운 사랑으로 채워주기 때문입니다.

요즘처럼 이해관계에 예민한 시대에 자신의 이익이나 안녕을 포기하고 희생하고 배려하는 것은 뉴스에 나옴직한 일입니다. 저부터도 이웃과 세상에 대한 배려가 줄어들고 사랑하는 마음을 물질로 계산하는 뻔뻔함이 커지고 있지 않나 반성합니다. 사랑의 마음을 드러내는 방법은 여러 가지가 있겠지만 대표적인 것이 배려입니다. 저도 지금보다 순수했던 시절을 생각하면, '주고 싶고, 주어도 아깝지 않은 계산 없는 사랑'의 기억이 떠올라 홀로 뿌듯한 미소를 짓습니다. 그러나 지금, 자주 계산기를 두들기듯 손익을 따지는 저를 바라보면 속물이 된 제가 불쌍해 보입니다. 이해관계를 떠난 진심에서 나온 배려가 있는 때는 나날이 평화롭고 즐거움에 넘쳤습니다. 지금도 가끔씩 저를 희생하고 온전한 배려를 했을 때는 상대의 반응 여부를 떠나 후회가 없고 행복합니다. 잘살고 있다는 감동이 꿈틀거려, 이곳이 천국이고 아름다운 곳입니다.

여러분은 상대를 배려하려고 애쓰시나요? 혹 상대를 내 이익을 위한 대상으로 생각하신 적은 없으시나요? 마음을 해맑게 하는 것은 작을 생각하는 배려입니다. 저도 수단으로 사람을 대할 때, 자신을 비춰보는 것이 참담하고, 자책을 많이 합니다. 배려라는 사랑의 명약으로 제 마음을 치유해 나가겠습니다. 공감이 되시면 함께 하실까요?

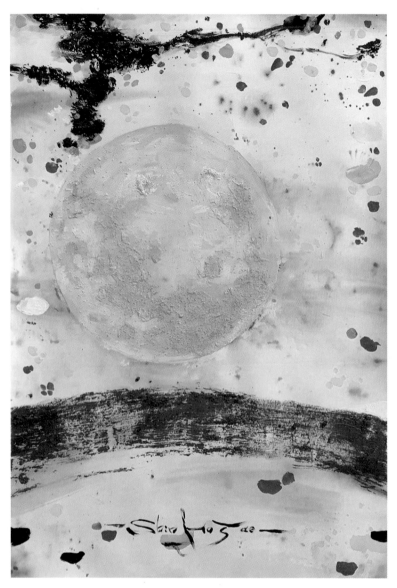

신호재 **Rumination-21004** 2021, Acrilyc on paper, 100x70cm

사랑은 완전하게 묶어주는 끈입니다.

사랑을 입으세요

사랑은 완전하게 묶어주는 끈이니, 무엇보다 사랑을 입어라.

—영성체송—

관계를 아름답게 유지하는 것은 용서와 사랑입니다. 아니, 용서까지 아우르는 것이 사랑입니다. 사랑을 입고 있는 사람들은 조화롭게 관계 짓고 살 수밖에 없습니다. 사랑은 행복한 관계의 바탕이자 모든 것을 따뜻하게 감싸주기에 사랑을 품고 있으면 평화롭고 행복한 세상이 됩니다.

수많은 좋은 글과 화려한 말도 사랑이 없으면 헛소리에 머무릅니다. 어눌하고 솜씨 없는 말이라도 사랑이 담겨있으면 강한 힘이 있고 울림을 줍니다. 그러기에 모든 일이나 관계의 완성을 가져오는 힘은 사랑입니다. 저도 모든 일과 관계에 사랑이 들어 있으면 배려를 하고 화낼 일도 부드럽게 대합니다. 용서하고 너그럽게, 제가 손해를 보더라도 기쁘게 생각하고 실천합니다. 심지어 저를 희생해서라도 상대가 잘 되었으면 좋겠다고 생각하며 돕습니다. 그래서 사랑은 위대합니다.

사랑이 위대하다는 것에 동의하시나요? 사랑하는 대상이 있으신가요? '사랑을 하면은 예뻐져요'라는 말처럼 사랑을 안으면 마음이 예뻐지고 행복합니다. 사랑을 입어보실까요?

사람이 할 수 있는
가장 아름다운 사랑은 용서입니다

사람이 할 수 있는 가장 아름다운 것은 용서하는 것이다.
—엔리잘 벤 주다—

인간은 불완전하고 잘못을 잘 하는 존재입니다. 그러기에 평가와 판단은 인류 보편적 진리와 양심에 바탕을 두고 있지 않으면 상대적이고, 잘못될 가능성이 있습니다. 인류 보편적 진리와 양심조차도 모두가 동조하고 일치하기가 어렵기에 살면서 하는 판단과 평가가 잘못되는 일은 다반사茶飯事입니다. 볼테르도 '진리는 사랑하되 잘못은 용서하라.'고 했지만, 가장 실천하기 어려운 일 중 하나입니다. 신앙 차원에서는 예수님도 '7번이 아니라 77번이라도 용서하라' 하십니다. 보통사람의 수준을 볼 때 그 정도로 잘못을 많이 한 사람과 관계가 유지될 것인지는 의문이지만, 용서는 진정 용기 있고 마음의 에너지가 넘치는 사람만이 할 수 있는 축복입니다. 물론 용서는 상대의 진정한 사과와 변화에서 열매 맺고 완성됩니다. 그러기에 때로는 상대에게 잘못을 깨닫게 하고 용서하는 일도 필요합니다. 영어의 forgive는 때때로 자신을 위해 때로는 다른 누군가를 for하기 위해서 give, 즉 주는 것입니다. 주는 사람이기에 힘 있는 사람입니다. 특히 용서해 줄 때 진정으로 뉘우치고 사과하면 더할 나위가 없지만 기대에 머무르기도 합니다. 그러나 스스로를 용서할 때는 철저한 성찰과 다시는 잘못을 하지 않겠다는 반성이 뒤따라야 하고, 상대에 대한 진정한 사과가 있어야 그 용서가 힘이 있습니다. 철저한 반성 없는 '그럴 수도 있는 것이지.'라는 태도는 위안은 되지만 똑같은 잘못을 저지를 가능성을 남깁니다.

이 과정을 통해 자신이 성장하는 것입니다. 용서를 받은 사람은 다른 사람도 용서하는 힘도 갖게 되고 용서하는 문화로 아름다운 공동체를 열어갈 수 있습니다. 용서받는 사람이 용서하고, 용서하는 사람이 용서받을 수 있는 당당함이 생기는 것입니다. 용서하는 것은 용서받는 사람에게 은덕이지만 용서하는 사람도 마음을 넓히고 건강하게 치유하는 은총을 받습니다. 저는 그랬습니다. 용서함으로써 제 마음이 맑아지는 해방과 행복을 맛보았습니다. 용서가 가능한 것은 사람이 할 수 있는 가장 아름다운 사랑의

신호재 **Rumination-21008** 2021, Acrilyc on paper, 70x100cm

실천이기 때문입니다.

　여러분은 어떠셨나요? 혹시 용서하기 어려운 미움의 대상이 있다면 마음의 평안을 위해 용서하시지요. 용서는 힘 있는 사람이 할 수 있는 것이기도 하지만 거룩한 사랑을 알고 마음에 평화를 누리게 하는 복된 일이니까요.

편견과 오만은
사랑의 장애물입니다

편견은 내가 다른 사람을 사랑하지 못하게 하고
오만은 다른 사람이 나를 사랑할 수 없게 만든다.
— 제인 오스틴 —

　세밀한 관찰력과 섬세함으로 사랑을 그려낸 작가의 말입니다. 제 마음을 돌아보고 사는 태도를 가다듬기로 했습니다. 세상을 그 대로 받아들이지 못하고, 차별하고 나누고 무시하고 판단했던 일 들이 주마등走馬燈처럼 스쳐갔습니다. '당신과 가까이하기 어려 워요.'라고 했던 모든 분들께 사과드리고 용서를 청합니다. '상대 가 마땅히 그래야 한다.'는 잘못된 믿음은 삶을 아름답게 보는 것이 아니라 딱딱하고 못된 눈으로 보게 하여 긴장감을 줍니다.

치우친 생각은 없애려고 노력하는 것 중 하나지만 고정관념과 편향된 신념으로 상대를 평가하여 마음의 문을 열지 않는 경우도 있었습니다. 입장이 다르고 상황이 다를 수 있다는 가능성을 무시하는 태도입니다. 어리석음과 답답함의 근원입니다. 잘난 체 하고, 홀로 밀어붙여 상대의 의견을 무시하여 소통이 되지 않게 하는 것 등이 떠오릅니다. 상대도 '의견을 내면 무시당할 것'이라는 두려움에 소통을 꺼리고 자기방어에 급급했을 것입니다. 이러니 어떻게 상대방이 저를 사랑할 수 있겠습니까? 가까이하기엔 너무 먼 당신이 되는 거지요. 대학교 때 미팅이 생각납니다. 정치인들이 갈라놓은 동서의 지역적 갈등을 이겨내지 못했으니까요. 편견과 오만은 사랑의 장애물임에 틀림없습니다.

어떻습니까? 한정된 경험에 따라 상대의 지위, 학벌, 재산, 외모, 말투에 편견을 갖거나 지위를 생각하며 거만한 적은 없으신지요? 저는 많았던 것 같습니다. 그러다 보니 상대방을 받아들이고 사랑하는 것이 어려웠습니다. 지금이라도 마음을 내려놓고 겸손하게 살겠습니다. 지금 이 순간부터가 중요한 것 아닐까요? 마음의 문을 활짝 열고 편견과 오만이 없는 행복한 사랑을 해 보실까요?

신호재 **Rumination-North** 2018, Acrilyc on canvas, 100x100cm

사랑은 상대의 몸을 내 몸처럼 소중히 하고

내가 바라는 일을 상대에게 베푸는 일입니다

다른 사람을 대할 때 그 사람의 몸도 내 몸같이 소중히 여겨라.

그리고 네가 다른 사람에게 바라는 일을 네가 먼저 그에게 베풀어라.

— 공자 —

이 세상에서 사람을 대하는 올바른 마음에 대해 쉽고 분명하게 공자님은 말씀하고 계십니다. 저는 이 구절을 보며 사람을 사랑하는 기본적인 관계의 도리라고 생각을 했습니다. 사람을 사랑한다는 것이 무엇일까를 거창하게 정리하는 것보다 이처럼 삶에서 실천한다면 되겠다는 기준이 되어주는 말씀입니다.

저의 삶을 들어다 보았습니다. 내 몸을 사랑하듯이 다른 사람도 생각하는지를 우선 살펴보았습니다. 자신을 존중하고 아끼는 것은 당연하다고 생각합니다. 그것에 우선하는 것이 자신의 몸에 대한 사랑입니다. 몸을 잘 가꾸기 위해서는 잘 먹어야 할 것입니다. 그렇다면 먹을 것을 잘 나누는 일이 우선이어야 합니다. 다음으로는 피로감을 주는 심한 노동을 하지 말아야 할 것입니다. 먹을 것과 일을 잘 나누는 것이 다른 사람을 사랑하는 것임을 알았습니다. 그런데 여기에 더 덧붙일 것은 몸과 마음은 하나의 작용을 하고 연결되어 있습니다. 그러기에 내 마음을 편안하게 하듯이 다른 사람의 마음을 편안하게 하는 것이 다른 사람의 몸을 소중히 하는 것입니다. 먹을 것을 나누고, 일을 나누고 마음을 편하게 하는 일이 사랑의 실천이라는 것을 깨달았습니다.

저는 이제까지 내가 싫어하는 일은 다른 사람에게 베풀거나 시키지 마라는 다소 소극적인 의미의 삶을 실천했습니다. 그런데 공자님은 '네가 다른 사람에 바라는 일을 네가 먼저 그에게 베풀어라.'는 더 적극적인 의미에서의 말씀을 하십니다. 이는 인간의 기본적 욕구에 대한 배려와 나눔을 의미합니다. 세상을 더불어 아름답게 살기 위해서는 자신의 요구를 들여다 보고 그 욕구는 다른 사람도 바라는 욕구라는 것을 알아차리고 이를 배려하고 나누어야 한다는 것입니다. 이것이 세상에서 구체적으로 사랑을 실천하는 방법입니다. 이렇게 하면 세상에서 시기와 질투, 갈등과 투쟁이 사라지리라 믿습니다.

쉽지 않은 실천이지만 공자님이 말씀하신 기본적인 사랑의 실천에 대해 어떻게 생각하시는 지요? 저는 군더더기 없는 명쾌한

신호재 **Rumination-21009** 2021, Acrilyc on paper, 70x100cm

사랑의 실천법이라 생각합니다. 항시 제 머리에 저장해 두고 상대
방의 몸도 내 몸처럼 사랑하고 내가 원하는 일은 상대를 배려해서
베풀도록 노력하겠습니다.

부모님의 사랑의 깊이는

측정할 수 없습니다

자녀에 대한 부모의 사랑의 깊이는 측정할 수 없다.
그것은 다른 어떠한 관계와도 같지 않다.
그것은 삶 자체에 대한 우려를 넘는다.
자녀에 대한 부모의 사랑은 지속적이고 비통함과 실망을 초월한다.

— 제임스 E. 파우스트 —

미국의 예수 그리스도 성도교회의 목사였던 파우스트의 말씀
은 부모님의 자녀에 대한 헌신적인 사랑을 잘 전해주고 있습니다.
헌신은 억지로 하는 것이 아닙니다. 자식에 대한 측정할 수 없는
사랑에서 나오는 것입니다. 세상의 모든 부모님들은 자식이 어떠
한 어려운 상황에 처해 있더라도 그것을 대신 짊어지고 가는 희생
을 포함하고 있습니다. 고려장이 있던 시절 당신을 버리고 되돌아

가는 자식을 걱정하는 부모님의 자식사랑은 우리의 상식을 뛰어넘어 감동을 줍니다. 부모님에게 왜 생존의 욕구가 없겠습니까. 학창시절 학교에서 잘못을 했을 때 당신의 잘못이 아닌데도 자식을 위해 어떤 창피와 수모를 견디어 내며 선생님께 용서를 비는 부모님의 모습에서도 부모님의 자식을 위한 사랑을 볼 수 있습니다. 부모님에게 왜 창피가 없고 자존심이 없겠습니까. 단지 자식을 위한 마음 하나로 견디어 내셨을 겁니다. 제에게도 그 기억이 또렷하게 남아 있습니다. 부모님의 은혜에 감사하면서도 부끄럽습니다.

실제로 가족이 존재하는 근거는 자식들이 힘들 때나 어려울 때나 부모님의 무한한 희생과 아픔을 견디어 내는 사랑으로 그 중심에서 형제자매간의 갈등을 해결해 주시고 있다는 사실에 있습니다. 부모님을 통해 이해관계의 벽을 뛰어넘습니다. 부모님에게는 잘못된 자식이 오히려 안쓰러워 더 많은 사랑으로 고통을 감내하는 희생을 마다하시지 않습니다. 부모님이 그 중심에 없을 때 이해관계로 인해 가족끼리 멀어지고 아예 관계를 끊는 경우도 종종 봅니다. 그러기에 부모님의 사랑은 가족의 중심에서 가족을 지탱케 하며 삶 자체에 대한 우려를 뛰어넘으며 비통함과 실망을 초월합니다.

요즘 저는 늙으신 어머님에게서 자꾸 '나는 이제 죽어도 한이 없다.'는 말씀을 듣습니다. 어머님의 말씀에서 무한한 자식 사랑을 느낍니다. 그것은 당신의 죽음에 대한 걱정을 자식들에게 전가하지 않으려는 헤아릴 수 없는 사랑입니다. 형제자매간에 우애

신호재 **Rumination-Center** 2018, Acrilyc on canvas, 100x100cm

하여 어머님의 마음에 상처를 남겨드리지 않는 것이 제가 할 수 있는 최소한의 도리라 생각합니다. 부모님의 은혜에 감사드립니다. 부모님의 깊은 사랑과 은혜에 감사하는 하루되었으면 좋겠습니다.

사랑은 어려움을 동반하지만

그 자체로 거대한 에너지를 줍니다

사랑은 항상 어려움을 동반한다.

하지만 사랑이 좋은 이유는 사랑이 가져다주는 거대한 에너지 때문이다.

―빈센트 반 고흐―

예술가들의 힘은 에로스적인 사랑의 에너지가 큰 역할을 한다는 것은 피카소의 삶을 통해서도 익히 알려져 있습니다. 그러나 고흐는 피카소와는 다른 엄청난 어려움과 상처를 동반한 일방적 사랑을 했다고 볼 수 있습니다. 결혼도 하지 못하고 37세의 이른 나이에 권총자살로 생을 마감한 그는 파란만장한 끊임없는 사랑과 실패로 점철된 삶을 살았습니다. 그는 첫사랑이었던 런던의 하

숙집 딸인 유제니 로어에게 고백을 했지만 약혼자가 있어서 거절 당했습니다. 두 번째 연인은 이모의 딸이자 여덟 살 된 아들을 가진 7살이나 많은 젊은 미망인 케인에게도 사랑의 열병에 빠졌으나 청혼을 거절당했습니다. 세 번째 연인인 시엔은 세 살 연상이었고 다섯 살 난 여자아이를 가진 알콜중독에 매독까지 걸리고 만날 당시에도 임신 중인 매춘부였습니다. 결국 집안의 반대와 더불어 경제적 이유로 헤어지게 되었습니다. 네 번째 연인 열두 살 많은 마르홋 베헤만은 화가로서 고흐를 좋아하였고 고흐가 유명한 화가가 될 것을 믿어 준 유일한 사람이었습니다. 고흐도 좋아하였기에 결혼을 하기로 하였으나 양가의 반대로 결혼하지 못했

습니다. 그녀는 가족과의 문제로 독약을 먹고 자살까지 하려했습니다. 다섯 번째 연인은 고흐가 자주 모델로 그리던 흐롯이었습니다. 그녀와는 임신 스캔들의 오해로 헤어지게 됐습니다. 마지막 사랑은 카페 탕부랭의 여주인인 아고스티나 세가토리 였습니다. 그녀는 당대 코로, 들라크루아, 마네 등의 그림에 등장하느 모델이었습니다. 고흐와 연인이 되면서 세가토리는 카페 탕부랭에 고흐의 그림을 전부 걸어 장식할 정도였으나 임신하자 중절 수술을 하고 청혼한 고흐를 차버렸습니다. 뿐만 아니라 고흐의 그림을 액자 값만 받고 채무자에게 넘겨버렸다고 합니다.

제가 이제까지 지루할 정도로 평생에 걸친 고흐의 일방적이고 극단적으로 상처받은 사랑을 정리했습니다. 그에게 사랑이 얼마나 어렵고 힘든 일이었는가를 설명해 주기 위해서입니다. 그러나 당시 어려웠던 그의 사랑은 '유제리 로여의 집', '케이와 아들', '슬픔', '세탁장 펌프에서 물을 긷는 마르홋', '감자먹는 사람들' 그리고 '카페 탕부랭에 앉아있는 아고스티나 세가토리'라는 멋진 작품으로 에너지화 되어 탄생되었다고 볼 수 있습니다.

당시에는 어느 누구의 관심을 받지 못했지만 현대인들에게 가장 사랑받고 있는 화가인 고흐는 사랑의 쓰라린 고통을 피하지 않고 어렵고 힘든 사랑을 함으로써 자신의 마음에 원한을 심은 것이 아니라 그 사랑과 열정의 에너지를 예술로 승화하여 표현했던 위대한 화가입니다. 이제야 우리가 그의 그림을 통해 그의 내면에 자리 잡은 꿈틀거리는 사랑의 열정과 에너지를 알게 되었나 봅니다. 사랑은 로맨틱하지 않고 쓰라림과 어려움과 고통을 수반하더라도 뛰어들 만한 가치가 있는 에너지라는 것을 알게 되었습니다. 여러분은 어떠신가요?

인생에서 최고의 행복은
사랑받고 있음을 확신하는 것입니다

인생에서 최고의 행복은 우리가 사랑받고 있음을 확신하는 것이다.

—빅토르 위고—

저는 여전히 행복의 시작과 끝은 사랑이라 생각합니다. 위고의 생각도 저와 같나봅니다. 『레미제라블』에서 장발장의 삶이 달라진 것도 미리엘 신부님의 무조건적인 사랑을 느끼고 확신했기 때문입니다. '진정한 사랑은 얼어붙은 마음을 녹인다.'는 "겨울왕국"의 주제어도 저의 마음에 감동을 줍니다. 그렇다면 사랑받고 있다는 확신은 누가할까요? 다른 사람에 의해서? 저는 다른 사람을 바라보는 자신의 마음이 한다고 생각합니다. 자기 자신의 마음이 사랑으로 넘쳐있으면 상대방도 아름다운 사랑으로 투사할 가능성이 높습니다. 사랑의 종류는 절대적인 신의 사랑부터 인간의 세속적인 사랑까지 다양합니다. 그러나 숭고하고 아름다운 사랑은 순수하고 비소유적이며 시기하지 않고 모든 것을 감싸주고 수용하는 온유하고 진실한 사랑입니다. 사랑은 절대로 성내거나 어떤 것을 바라는 것이 아닙니다. 욕구가 내재되어 있는 것은 사랑으로 포장된 또 다른 욕망일 뿐입니다. 신에 대한 사랑이 기복적이거나 인간간의 사랑이 주로 물질적인 것과 또 다른 이기적인 욕망으로 포장된 사랑이라면 일시적이지 오래가지 못합니다. 상대가 해주는 현상적인 것에 기대하는 사랑은 상대에 의해 조절되고 통제될 뿐 자신이 진실로 사랑하고 사랑받고 있음을 확신하는 것은 쉽지 않습니다. 방법과 수단이 목적을 대신할 수 없듯이 호의적인 표현적 행위가 사랑이라 확신할 수는 없기 때문입니다. 인간의 사랑은 많은 부분을 그 외적인 표현행위로 그 사랑을 평가합니다. 그래서 진정한 사랑과 사이비 사랑을 구별하기 어렵습니다. 여러분에게 처음으로 사랑을 느끼게 하는 존재는 누구였을까를 생각해 본 적이 있으신가요? 있다면 누가 가장 먼저 떠오르나요? 기분은 어떤가요? 저는 하느님, 부모님, 가족 등이 떠오르며 행복하고 즐겁습니다. 여러분은 어떠신가요? 그 때의 행복한 기분을 나누어 보는 것도 즐겁고 보람찬 일입니다. 거꾸로 자기 자신이 진정으로 사랑을 준 대상이 누구였는지를 생각하고 그것을 떠올리는 것만으로도 기분 좋고 행복한 일입니다. 사랑은 주는 것만으

신호재 **Rumination-South** 2019, Acrilyc on paper, 150x70cm

로도 행복한데 자기 자신을 사랑해주는 누군가가 있다는 사실에 대한 확신은 자기 자신에게 인생은 살만한 곳이라는 의미를 가져다줍니다. 오늘은 마음속 깊은 곳에 사랑을 간직하고 아름다운 기억들만 생각하는 행복 나누시길 바랍니다.